# 觉醒时分

陈思和
宋炳辉

主编

四川人民出版社

**图书在版编目（CIP）数据**

觉醒时分/陈思和，宋炳辉主编．—成都：四川
人民出版社，2024.1
ISBN 978－7－220－13422－7

Ⅰ．①觉… Ⅱ．①陈… ②宋… Ⅲ．①中国文学－现
代文学－作品综合集 ②中国文学－当代文学－作品综合集
Ⅳ．①I216.1

中国国家版本馆 CIP 数据核字（2023）第 154316 号

JUEXING SHIFEN

# 觉醒时分

陈思和　宋炳辉　主编

| 出 版 人 | 黄立新 |
| --- | --- |
| 选题策划 | 李淑云 |
| 责任编辑 | 李京京 |
| 封面设计 | 叶　茂 |
| 内文设计 | 李其飞 |
| 责任校对 | 朱雯馨 |
| 责任印制 | 周　奇 |

| 出版发行 | 四川人民出版社（成都三色路 238 号） |
| --- | --- |
| 网　　址 | http://www.scpph.com |
| E-mail | scrmcbs@sina.com |
| 新浪微博 | @四川人民出版社 |
| 微信公众号 | 四川人民出版社 |
| 发行部业务电话 | （028）86361653　86361656 |
| 防盗版举报电话 | （028）86361653 |
| 照　　排 | 四川胜翔数码印务设计有限公司 |
| 印　　刷 | 成都兴怡包装装潢有限公司 |
| 成品尺寸 | 155mm×230mm |
| 印　　张 | 13.25 |
| 字　　数 | 150 千 |
| 版　　次 | 2024 年 1 月第 1 版 |
| 印　　次 | 2024 年 1 月第 1 次印刷 |
| 书　　号 | ISBN 978－7－220－13422－7 |
| 定　　价 | 69.00 元 |

# 编选说明

一、本书编选宗旨：站在新世纪回眸百年中国文学，以其艺术精品展示后人，为未来中国保留一份20世纪中国文学的"古文观止"。

二、本书编选性质：既为广大中文专业的本科和专科学生提供一部篇幅不大、内容精要、适合阅读学习的20世纪中国文学作品选，也为一般文学爱好者提供一部艺术性强，并且凝聚了现代中国知识分子美好精神境界的美文选，值得读者欣赏和珍藏。

三、本书编选范围：20世纪文学中的优秀作品，以现代汉语创作为主，包括小说、诗歌、散文、戏剧。长篇小说和篇幅过长的中篇小说选取其最能体现作家艺术成就的精彩片段；但一般的中篇小说、短篇小说均收录全篇。篇幅过长的诗歌和多幕戏剧也采取选其精彩片段的方法。散文包括抒情性散文、议论性散文、杂文和其他相关文体，但不包括篇幅较大的报告文学和理论批评文章。一般不选入旧体诗词。

四、本书编选体例：其顺序为 [1] 篇名；[2] 作家简介；[3] 作品正文；[4] 作家的话；[5] 评论家的话。其中 [4] 选取作家本人有关的创作谈。如一时找不到的，则空缺。[5] 选取较权威的评论家已发表的对所选作品的批评或就作家整体风格的批评意见。通常选一到两则。如一时找不到的，由参与本书编辑工作的有关人员撰写，但不标"评论家的话"，而标"推荐者的话"，以示区别。

五、本书编选原则：本书强调感人的语言艺术和知识分子人格力量相融合的审美标准，强调真正的艺术创造是超越时间和空间限制而永存于世的文学观念，一般不考虑文学史的需要，不考虑思潮流派的代表性，也不考虑作家在现实社会中的地位和影响。

六、本书编选方式：本书所选作品，要求选其最好的版本。若有作家多次修改的作品，应在比较各种版本的基础上，以其艺术表现最成熟的版本为准，也会参考其他版本稍作修改。

七、本书编排顺序：基本按作品写作时间的前后排列，若无从考其写作年月，则以其初刊年月为准。相同作家的作品，也按其写作或发表时间的前后排列。

八、本书初版由复旦大学中文系现代文学教研室与中央广播电视大学等单位共同编辑，陈思和与李平担任主编，邓逸群与宋炳辉担任副主编，共同负责全书的策划、协调、审读、定稿等工作。参加工作的具体人员是：王东明、苏兴良、李平、钱旭初、韩鲁华、陈利群（主要负责小说编选）；李振声、张新颖、宋炳辉、梁永安（主要负责诗歌与散文作品的编选）；杨竞人、邓逸群（负责戏剧作品的编选）。另外，张业松也参加过部分工作。本书初版由上海学林出版社 1999 年出版。

本次修订，主要由宋炳辉负责，参与者有：郜元宝、张新颖、王光东、宋明炜、段怀清、金理等。陈思和最后审定。此次修订，对当代部分做了一些调整，新增了韩松、王小波、迟子建、阎连科等作家的相关篇目。

九、我们必须声明的是，这并不是十全十美的选本，更不是唯一的经典的选本，它只是一个能够比较自由地表达编者的文学审美观念的选本，希望读者能够从中获得人格的影响和美的熏陶。对于有些地区的作品（如香港、台湾地区等），因为资料的缺乏和信息的不敏，我们并无十分的把握，难免有遗珠之憾。"作家的话"和"评论家的话"两部分，因为不能翻阅所有的资料，肯定有许多选得不甚到位。我们希望读者能给以认真的批评和建议，以便以后再版时能有所修订增补，使其尽可能地接近于完美。

主编：陈思和　宋炳辉

# 目 录
## CONTENTS

# 吴汝纶
## 《天演论》序

吴汝纶，字挚甫。1840 年出生，安徽桐城人。同治四年（1865）进士，任冀州知州，后任京师大学堂总教习。师从曾国藩，为"曾门四弟子"之一。有《桐城吴先生全书》。其散文气势宏大，有桐城派"殿军"之称；而严复译《天演论》又有首开西学先河之功。所以我们选这篇序言为全书的首篇，有终结古典文学，开启新世纪文学的含义。

严子几道既译英人赫胥黎所著《天演论》，以示汝纶，曰："为我序之。"天演者，西国格物家言也。其学以天择、物竞二义，综万汇之本原，考动植之蕃耗，言治者取焉。因物变递嬗，深研乎质力聚散之义，推极乎古今万国盛衰兴坏之由，而大归以任天为治。赫胥黎氏起而尽变故说，以为天不可独任，要贵以人持天。以人持天，必究极乎天赋之能，使人治日即乎新，而后其国永存，而种族赖以不坠，是之谓与天争胜。而人之争天而胜天者，又皆天事之所苞。是故天行人治，同归天演。其为书奥赜纵横，博涉乎希腊、竺乾、斯多噶、婆罗门、释迦诸学，审同析异而取其衷，吾国之所创闻也。凡赫胥黎氏之道具如此，斯以信美矣。抑汝纶之深有取于是书，则又以严子之雄于文，以为赫胥黎氏之指趣，得严子乃益明。自吾国之译西书，未有能及严子者也。

凡吾圣贤之教，上者道胜而文至；其次，道稍卑矣，而文犹足以久。独文之不足，斯其道不能以徒存。六艺尚已！晚周以来，诸子各自名家，其文多可喜。其大要有集录之书，有自著之言：集录者，篇各为义，不相统贯，原于《诗》《书》者也；自著者，建立一干，枝叶扶疏，原于《易》《春秋》者也。汉之士争以撰著相高，其尤者，《太史公书》，继《春秋》而作，人治以著。扬子《太玄》，拟《易》为之，天行以阐，是皆所为一干而枝叶扶疏也。及唐中叶，而韩退之氏出，源本《诗》《书》，一变而为集录之体，宋以来宗之。是故汉氏多撰著之编，唐、宋多集录之文，其大略也。集录既多，而向之所为撰著之体不复多见，间一有之，其文采不足以自发，知言者摈焉弗列也。独近世所传西人书，率皆一干而众枝，有合于汉氏之撰著。又惜吾国之译言者，大抵凡陋不文，不足传载其义。夫撰著之与集录，其体虽变，其要于文之能工，一而已。

今议者谓西人之学，多吾所未闻，欲瀹民智，莫善于译书。吾则以谓今西书之流入吾国，适当吾文学靡敝之时，士大夫相矜尚以为学者，时文耳，公牍耳，说部耳！舍此三者，几无所为书。而是三者，固不足与于文学之事。今西书虽多新学，顾吾之士以其时文、公牍、说部之词译而传之，有识者方鄙夷而不之顾，民智之瀹何由？此无他，文不足焉故也。文如几道，可与言译书矣。往者释氏之入中国，中学未衰也，能者笔受，前后相望。顾其文自为一类，不与中国同。今赫胥黎氏之道，未知于释氏何如？然欲侪其书于太史氏、扬氏之列，吾知其难也。即欲侪之唐、宋作者，吾亦知其难也。严子一文之，而其书乃骎骎与晚周诸子相上下，然则文顾不重耶？抑严子之译是书，不惟自传其文而已。盖谓赫胥黎氏以人持天，以人治之日新，卫其种族之说，其义富，其辞危，使读焉者怵焉知变，于国论殆有助乎？是旨也，予又惑焉。凡为书，必与其时之学者相入，而后其效明。今学者方以时文、公牍、说部为学，而严子乃欲进之以可久之词，与晚周诸子相上下之书，吾惧其舛驰而不相入也。虽然，严子之意盖将有待也。待而得其人，则吾民之智瀹矣。是又赫胥黎氏以人治归天演之一义也欤？

选自《中国近代文学大系（1840—1919）·散文卷》（2）

上海书店 1992 年版

## 作家的话 ◈

此后必应改习西学，中学浩如烟海之书行当废去。

《答严几道书》

## 评论家的话 ◈

在严译的《天演论》内，有吴汝纶所作的一篇很奇怪的序文，他不看重天演的思想，他认为西洋的赫胥黎未必及得中国的周秦诸子，只因严复用周秦诸子的笔法译出，因文近乎"道"，所以思想也就近乎"道"了。如此，《天演论》是因为译文而才有了价值。这便是当时所谓"老新党"的看法。

周作人：《中国新文学的源流》

平心而论，汝纶虽为桐城嫡派，但为文并不拘泥于桐城规范。他在《与姚仲实书》中云："桐城诸老，气清体洁，海内所宗，独雄奇瑰玮之气尚少。盖韩公得扬马之长，字字造出奇崛，欧阳公变为平易，而奇崛乃在平易之中。后儒但能平易，不能奇崛，则才气薄弱，不能复振，此一失也。"观吴氏文，得力于史记为多，文风近欧阳修，所谓"奇崛乃在平易之中"。汝纶为文质朴练达，不以词采取胜。

郭延礼：《中国近代文学发展史》

# 林琴南
## 苍霞精舍后轩记

林琴南,名纾,号畏庐,自号冷红生,又自称蠡叟、践卓翁等。1852年生于福建闽县(今福州)。自幼家贫,靠苦学成才。三十一岁中举,以后多次应试未中,终生以教书和著译为业。1897年与人合作笔译法国小说《巴黎茶花女遗事》,1899年译作问世后轰动文坛,从此一发不可收。因不谙外文,靠与别人口译合作,共译出一百七十余部,包括四十多种世界名著,在开创翻译风气和引进西方文学观念等方面,具有不可忽视的功绩。多才多艺,诗、文、画等均为大家高手。晚年居京城,先后在金台书院、五城学堂、京师大学堂、正志中学等任教,因反对新文化运动废除古文而著名。1924年病逝于北京。著有《畏庐文集》《春觉斋论文》等。

建溪之水，直趋南港，始分二支。其一下洪山，而中洲适当水冲，洲上下联二桥，水穿桥抱洲而过，始汇于马江。苍霞洲在江南桥右偏，江水之所经也。洲上居民百家，咸面江而门。余家洲之北，湫溢苦水，乃谋适爽垲，即今所谓苍霞精舍者。屋五楹，前轩种竹数十竿，微飔略振，秋气满于窗户，母宜人生时之所常过也。后轩则余与宜人联楹而居。其下为治庖之所。宜人病，常思珍味，得则余自治之。亡妻纳薪于灶，满则苦烈，抽之又莫适于火候，亡妻笑。母宜人谓曰："尔夫妇呶呶，何为也？我食能几何？事求精，尔烹饪岂亦有古法耶？"一家相传以为笑。宜人既逝，余始通二轩为一。每从夜归，妻疲不能起。余即灯下教女雪诵杜诗，尽七八首始寝。亡妻病革，屋适易主。乃命舆至轩下，藉鞯舆中，扶掖以去。至新居十余日卒。

孙幼谷太守、力香雨孝廉，即余旧居，为苍霞精舍，聚生徒课西学，延余讲《毛诗》《史记》，授诸生古文。间五日一至。栏楯楼轩，一一如旧。斜阳满窗，帘幔四垂，乌雀下集，庭墀阒无人声。余微步廊庑，犹谓太宜人昼寝于轩中也。轩后严密之处，双扉阖焉。残针一已锈矣，和线犹注扉上，则亡妻之所遗也。呜呼！前后二年，此轩景物已再变矣。余非木石人，宁能不悲？归而作《后轩记》。

选自《中国近代文学大系（1840—1919）·散文卷》（4）

上海书店 1993 年版

## 作家的话 ◈

　　余治古文三十年，恒严闭不以示人。光绪中，桐城吴挚甫先生至京师，始见吾文，称曰："是抑遏掩蔽，能伏其光气者。"越六年，桐城马通伯至京师，其称吾文乃过于吴先生也。两先生声称满天下，吴先生既逝，世之归仰桐城者，必曰："是马通伯先生，当世之能古文者，承方、姚道脉，而且见淑于吴公。"今乃皆私余，然则余之不以示人者，兹乃大获其偿，不以向者之严闭为狷矣。

《赠马通伯先生序》

## 评论家的话 ◈

　　纾之文工为叙事抒情，杂以诙诡，婉媚动人，实前古所未有。固不仅以译述为能事也。……此《畏庐初集》之文也。晚年名高，好为矜张，或伤于寒涩；不复如初集之清劲婉媚矣！《初集》出，一时购读者六千人，盖并世作者所罕觏焉。

钱基博：《现代中国文学史》

　　林纾散文成就最高的是他的山水游记和抒情记事散文。这类作品熔写景、记事、抒情于一炉，文笔雅洁洗练，生动优美，具有较高的审美价值。像他的《苍霞精舍后轩记》，怀念母亲及妻子，情真意切，哀感动人。全文仅500余字，作者能于简洁、平淡的文笔中蕴寓着丰富深厚的感情。……触景生情，回首往事，楼轩仍在，景色依稀旧时；但此时母亲仙逝，妻子已故，而作者犹想母亲昼寝轩中，妻子用过的残针仍旧和线注扉上。作者这淡淡数笔，读至此已令人潸然泪下。

郭延礼：《中国近代文学发展史》

# 梁启超
## 少年中国说

    梁启超，字卓如，号任公，笔名有饮冰室主人、新民子、中国之新民等。1873 年出生于广东新会的清寒读书人家庭。自幼聪明颖慧，十一岁中秀才，十六岁中举人。甲午战败以后，参加康有为领导的"公车上书"运动和政治变法，成为维新运动的主要代表人物。1896 年创办《时务报》宣传变法，以语言的明快和思想的新锐名重一时。"戊戌政变"后逃亡日本。创办《新民丛报》《清议报》《新小说》等，介绍西方学术思想，开启民智，影响极大。同盟会成立后，他的立场渐趋保守，以后十几年里一直从事现代政治活动，但成效不大。晚年退出政坛，任清华大学研究院导师，做学术研究。主要著作有《饮冰室合集》148 卷。1929 年病逝于北京。

日本人之称我中国也，一则曰老大帝国，再则曰老大帝国。是语也，盖袭译欧西人之言也。呜呼！我中国其果老大矣乎？任公曰：恶是何言！是何言！吾心目中有一少年中国在！

欲言国之老少，请先言人之老少。老年人常思既往，少年人常思将来。惟思既往也，故生留恋心；惟思将来也，故生希望心。惟留恋也，故保守；惟希望也，故进取。惟保守也，故永旧；惟进取也，故日新。惟思既往也，事事皆其所已经者，故惟知照例；惟思将来也，事事皆其所未经者，故常敢破格。老年人常多忧虑，少年人常好行乐。惟多忧也，故灰心；惟行乐也，故盛气。惟灰心也，故怯懦；惟盛气也，故豪壮。惟怯懦也，故苟且；惟豪壮也，故冒险。惟苟且也，故能灭世界；惟冒险也，故能造世界。老年人常厌事，少年人常喜事。惟厌事也，故常觉一切事无可为者；惟好事也，故常觉一切事无不可为者。老年人如夕照，少年人如朝阳；老年人如瘠牛，少年人如乳虎；老年人如僧，少年人如侠；老年人如字典，少年人如戏文；老年人如鸦片烟，少年人如泼兰地酒；老年人如别行星之陨石，少年人如大洋海之珊瑚岛；老年人如埃及沙漠之金字塔，少年人如西伯利亚之铁路；老年人如秋后之柳，少年人如春前之草；老年人如死海之潴为泽，少年人如长江之初发源。此老年与少年性格不同之大略也。任公曰：人固有之，国亦宜然。

任公曰：伤哉，老大也。浔阳江头琵琶妇，当明月绕船，枫叶瑟瑟，衾寒于铁，似梦非梦之时，追想洛阳尘中春花秋月之佳趣。

西宫南内，白发宫娥，一灯如穗，三五对坐，谈开元、天宝间遗事，谱《霓裳羽衣曲》。青门种瓜人，左对孺人，顾弄孺子，忆侯门似海，珠履杂遝之盛事。拿破仑之流于厄蔑，阿剌飞之幽于锡兰，与三两监守吏，或过访之好事者，道当年短刀匹马，驰骋中原，席卷欧洲，血战海楼，一声叱咤，万国震恐之丰功伟烈，初而拍案，继而抚髀，终而揽镜。呜呼，面皱齿尽，白头盈把，颓然老矣！若是者，舍幽郁之外无心事，舍悲惨之外无天地，舍颓唐之外无日月，舍叹息之外无音声，舍待死之外无事业。美人豪杰且然，而况于寻常碌碌者耶？生平亲友，皆在墟墓，起居饮食，待命于人，今日且过，遑知他日，今年且过，遑恤明年。普天下灰心短气之事，未有甚于老大者。于此人也，而欲望以拿云之手段，回天之事功，挟山超海之意气，能乎不能？

嗚呼，我中国其果老大矣乎？立乎今日，以指畴昔，唐虞三代，若何之郅治；秦皇汉武，若何之雄杰；汉唐来之文学，若何之隆盛；康乾间之武功，若何之烜赫！历史家所铺叙，词章家所讴歌，何一非我国民少年时代、良辰美景、赏心乐事之陈迹哉！而今颓然老矣，昨日割五城，明日割十城；处处雀鼠尽，夜夜鸡犬惊；十八省之土地财产，已为人怀中之肉；四百兆之父兄子弟，已为人注籍之奴。岂所谓"老大嫁作商人妇"者耶？呜呼！凭君莫话当年事，憔悴韶光不忍看！楚囚相对，岌岌顾影；人命危浅，朝不虑夕。国为待死之国，一国之民为待死之民，万事付之奈何，一切凭人作弄，亦何足怪！

任公曰：我中国其果老大矣乎？是今日全地球之一大问题也。如其老大也，则是中国为过去之国，即地球上昔本有此国，而今渐澌灭，他日之命运殆将尽也。如其非老大也，则是中国为未来之国，即地球上昔未现此国，而今渐发达，他日之前程且方长也。欲断今日之中国为老大耶？为少年耶？则不可不先明"国"字之意义。夫国也者，何物也？有土地，有人民，以居于其土地之人民，而治其所居之土地之事，自制法律而自守之；有主权，有服从，人人皆主权者，人人皆服从者。夫如是，斯谓之完全成立之国。地球上之有完全成立之国也，自百年以来也。完全成立者，壮年之事也；未能完全成立而渐进于完全成立者，少年之事也。故吾得一言以断之曰：欧洲列邦在今日为壮年国，而我中国在今日为少年国。

夫古昔之中国者，虽有国之名，而未成国之形也，或为家族之国，或为酋长之国，或为诸侯封建之国，或为一王专制之国。虽种类不一，要之，其于国家之体质也，有其一部而缺其一部，正如婴儿自胚胎以迄成童，其身体之一二官支，先行长成，此外则全体虽粗具，然未能得其用也。故唐虞以前为胚胎时代，殷周之际为乳哺时代，由孔子而来至于今为童子时代，逐渐发达，而今乃始将入成童以上少年之界焉。其长成所以若是之迟者，则历代之民贼有窒其生机者也。譬犹童年多病，转类老态，或且疑其死期之将至焉，而不知皆由未完全、未成立也，非过去之谓，而未来之谓也。

且我中国畴昔，岂尝有国家哉？不过有朝廷耳。我黄帝子孙，聚族而居，立于此地球之上者既数千年，而问其国之为何名，则无有也。夫所谓唐、虞、夏、商、周、秦、汉、魏、晋、宋、齐、梁、陈、隋、唐、宋、元、明、清者，则皆朝名耳。朝也者，一家之私产也；国也者，人民之公产也。朝有朝之老少，国有国之老少，朝与国既异物，则不能以朝之老少而指为国之老少明矣。文、武、成、康，周朝之少年时代也；幽、厉、桓、赧，则其老年时代也。高、文、景、武，汉朝之少年时代也；元、平、桓、灵，则其老年时代也。自余历朝，莫不有之。凡此者，谓为一朝廷之老也则可，谓为一国之老也则不可。一朝廷之老且死，犹一人之老且死也，于吾所谓中国者何与焉？然则吾中国者，前此尚未出现于世界，而今乃始萌芽云尔。天地大矣，前途辽矣，美哉，我少年中国乎！

玛志尼者，意大利三杰之魁也。以国事被罪，逃窜异邦，乃创立一会，名曰"少年意大利"。举国志士，云涌雾集以应之，卒乃光复旧物，使意大利为欧洲之一雄邦。夫意大利者，欧洲第一之老大国也。自罗马亡后，土地隶于教皇，政权归于奥国，殆所谓老而濒于死者矣。而得一玛志尼，且能举全国而少年之，况我中国之实为少年时代者耶？堂堂四百余州之国土，凛凛四百余兆之国民，岂遂无一玛志尼其人者！

龚自珍氏之集有诗一章，题曰《能令公少年行》。吾尝爱读之，而有味乎其用意之所存。我国民而自谓其国之老大也，斯果老大矣；我国民而自知其国之少年也，斯乃少年矣。西谚有之曰：有三岁之翁，有百岁之童。然则国之老少，又无定形，而实随国民之心力以为消长者也。吾见乎玛志尼之能令国少年也，吾又见乎我国之官吏士民能令国老大也，吾为此惧。夫以如此壮丽浓郁、翩翩绝世之少年中国，而使欧西、日本人谓我为老大者何也？则以握国权者皆老朽之人也。非哦几十年八股，非写几十年白折，非当几十年差，非挨几十年俸，非递几十年手本，非唱几十年诺，非磕几十年头，非请几十年安，则必不能得一官，进一职。其内任卿贰以上、外任监司以上者，百人之中，其五官不备者，殆九十六七人也，非眼盲，则耳聋，非手颤，则足跛，否则半身不遂也。彼其一身饮食、步履、视听、言语，尚且不能自了，须三四人在左右扶之捉之，乃能度日，于此而乃欲责之以国事，是何异立无数木偶而使之治天下也。且彼辈者，自其少壮之时，既已不知亚细、欧罗为何处地方，汉祖、唐宗是那朝皇帝，犹嫌其顽钝腐败之未臻其极，又必搓磨之、陶冶之，待其脑髓已涸，血管已塞，气息奄奄，与鬼为邻之时，然后将我二万里山河，四万万人命，一举而畀于其手。呜呼！老大帝国，诚哉其老大也！而彼辈者，积其数十年之八股、白折、当差、挨俸、手本、唱喏、磕头、请安，千辛万苦，千苦万辛，乃始得此红顶花翎之服色，中堂大人之名号，乃出其全副精神，竭其毕生力量，以保持之。如彼乞儿，拾金一锭，虽轰雷盘旋其顶上，而两手犹紧抱其荷包，他事非所顾也，非所知也，非所闻也。于此而告之以亡国也，瓜分也，彼乌从而听之？乌从而信之？即使果亡矣，果分矣，而吾今年既七十矣八十矣，但求其一两年内，洋人不来，强盗不起，我已快活过了一世矣。若不得已，则割三头两省之土地奉申贺敬，以换我几个衙门；卖三几百万之人民作仆为奴，以赎我一条老命，有何不可？有何难办？呜呼，今之所谓老后、老臣、老将、老吏者，其修身、齐家、治国、平天下之手段，皆具于是矣。西风一夜催人老，凋尽朱颜白尽头。使走无常当医生，携催命符以祝寿。嗟乎痛哉！以此为国，是安得不老且死，且吾恐其未及岁而殇也。

任公曰：造成今日之老大中国者，则中国老朽之冤业也；制出将来之少年中国者，则中国少年之责任也。彼老朽者何足道，彼与此世界作别之日不远矣，而我少年乃新来而与世界为缘。如傲屋者然，彼明日将迁居他方，而我今日始入此室处。将迁居者，不爱护其窗桄，不洁治其庭庑，俗人恒情，亦何足怪？若我少年者，前程浩浩，后顾茫茫，中国而为牛、为马、为奴、为隶，则烹脔鞭棰之惨酷，惟我少年当之。中国如称霸宇内、主盟地球，则指挥顾盼之尊荣，惟我少年享之。于彼气息奄奄、与鬼为邻者何与焉？彼而漠然置之，犹可言也；我而漠然置之，不可言也。使举国之少年而果为少年也，则吾中国为未来之国，其进步未可量也；使举国之少年而亦为老大也，则吾中国为过去之国，其渐亡可翘足而待也。故今日之责任，不在他人，而全在我少年。少年智则国智，少年富则国富，少年强则国强，少年独立则国独立，少年自由则国自由，少年进步则国进步，少年胜于欧洲则国胜于欧洲，少年雄于地球则国雄于地球。红日初升，其道大光；河出伏流，一泻汪洋；潜龙腾渊，鳞爪飞扬；乳虎啸谷，百兽震惶；鹰隼试翼，风尘吸张；奇花初胎，矞矞皇皇；干将发硎，有作其芒；天戴其苍，地履其黄；纵有千古，横有八荒；前途似海，来日方长。美哉，我少年中国，与天不老！壮哉，我中国少年，与国无疆！

　　"三十功名尘与土，八千里路云和月。莫等闲，白了少年头，空悲切！"此岳武穆《满江红》词句也，作者自六岁时即口受记忆，至今喜诵之不衰。自今以往，弃"哀时客"之名，更自名曰"少年中国之少年"。

作者附识。

1900 年 2 月 10 日

选自《中国近代文学大系（1840—1919）·散文集》（2）

上海书店 1992 年版

## 作家的话 ◈

　　自是启超复专以宣传为业，为《新民丛报》《新小说》等诸杂志，畅其旨义，国人竞喜读之；清廷虽严禁，不能遏；每一册出，内地翻刻本辄十数。二十年来学子之思想，颇蒙其影响。启超夙不喜桐城派古文，幼年为文，学晚汉魏晋，颇尚矜炼，至是自解放，务为平易畅达，时杂以俚语韵语及外国语法，纵笔所至不检束，学者竞效之，号新文体。老辈则痛恨，诋为野狐。然其文条理明晰，笔锋常带情感，对于读者，别有一种魔力焉。

《清代学术概论》

## 评论家的话 ◈

　　同样具有文学色彩，但写法更自由的是《少年中国说》《呵旁观者文》《过渡时代论》《说希望》等一批篇幅较长的杂文。这些文章并非对某个具体的政治问题发论，这是它们与政论文的区别点，而是就某种具有普遍性的社会状况发感慨。这种感慨来自梁启超对现实社会的总结认识，所以不排除其中夹有议论，却又用抒情成分很重的杂文方式表达出来，从而恰切地传写出他对新时代、新风习的向往热爱与对旧时代、旧风习的深恶痛绝。这类杂文突出的特点是：富于激情与活力的语言具有穿透力，大量形象、生动的譬喻错综排列，用诗、文合一的手法极力铺展，在层叠的排比、对比、对偶句中夹以韵文，造成强烈的节奏感。议论化而为感慨，作者的思绪自由驰骋，感情的热浪滚滚而来。读者首先被文章激越的情感、逼人的气势所吸引，进而便会发现作者无远弗届、独具只眼的思想见解，因而深受启发。这些杂文把"新文体"的特点淋漓尽致地发挥、表现出来了，脍炙人口的名作《少年中国说》可为代表，……文中将老年人与少年人反复对比，尽力发掘他们互相对立的特点以及由此产生的结果，由于采用了顶真手法，连贯而下，文气充沛。整段又全用比喻，以老年人代表旧的中国，以少年人代表新的中国，并且比中套比，愈转愈奇。一些令人想象不到的古今中外事物，如字典与戏文，鸦片烟与白兰地，陨石与珊瑚岛，金字塔与铁路等纷纷成对毕集笔下，却又是异常贴切，竟至改易一语不得。这些比喻淋漓尽致地写出了旧的中国的日暮途穷，同时也反衬出新的中国的前途无量。这样的文章，自然很容易感动读者。

夏晓虹：《觉世与传世——梁启超的文学道路》

# 章炳麟

## 谢 本 师

    章炳麟，字枚叔。浙江余杭人。后因仰慕清初学者顾炎武，改名绛，号太炎。1869年生于浙江余杭。青年时代从朴学大师俞樾受业。1895年起开始政治活动，参加过康有为发起的"强学会"，宣传变法维新。1903年任教于上海爱国学社，发表《驳康有为论革命书》，有辱骂清帝之句，又为邹容《革命军》作序，被清廷逮捕入狱。1906年出狱后赴日本，从事反清革命活动。晚年定居苏州，创立章氏国学讲习所。著有《章氏丛书》《章氏丛书续编》等，为一代国学大师。1936年病逝于苏州。《谢本师》写于1901年，最初发表于1906年11月出版的《民报》第九号，是章太炎给老师俞樾的公开信。俞樾学识渊博，颇知洋务，也不反对弟子参加维新运动，但对章太炎当时对封建传统文化的决绝的革命态度则无法接受，并加以非难。章承受着巨大的传统压力，毅然公开表达了"吾爱吾师，吾更爱真理"的革命立场。

余十六七岁始治经术，稍长，事德清俞先生①，言稽古之学，未尝问文辞诗赋②。先生为人岂弟③，不好声色④，而余喜独行赴渊之士。出入八年⑤，相得也。

顷之，以事游台湾。台湾则既隶日本。归，复谒先生⑥，先生遽曰："闻而游台湾。尔好隐，不事科举，好隐，则为梁鸿、韩康⑦可也。今人异域，背父母陵墓，不孝；讼言索虏之祸毒敷诸夏⑧，与人书指斥乘舆⑨，不忠。不孝不忠，非人类也。小子鸣鼓而攻之可也⑩。"盖先生与人交，辞气陵厉，未有如此甚者！

---

① 俞先生，即俞樾（1821—1907），字荫甫，号曲园，浙江德清人，早年任翰林院编修，后任杭州诂经精舍院长三十余年，是清末著名的汉学家，主要著作有《群经平议》《诸子平议》《宾萌集》《古书疑义疏证》等，合辑为《春在堂全书》。

② 章太炎"初为文辞，刻意追蹑秦汉"，不赞成俞樾崇尚唐、宋文风的文学主张，没有向俞樾学过文辞诗赋。

③ 岂弟，通"恺悌"。

④ 章太炎《俞先生传》：俞樾"雅性不好声色，既丧母妻，终身不食肉，衣不过大布，进馔不过茗菜"。

⑤ 出入八年，章太炎于1890年进入诂经精舍，1897年初离开。

⑥ 据章太炎自定年谱，此事系于光绪二十七年，作者三十四岁。

⑦ 梁鸿，字伯鸾，东汉平陵（今陕西咸阳西北）人，明帝时曾作《五噫歌》讥切时政。与妻孟光同隐霸陵山中；后又至吴，改名做雇工为生。韩康，字伯休，东汉霸陵（今西安东）人，卖药长安市中三十余年，口不二价，因此扬名，遂隐于霸陵山中，多次拒绝桓帝征召。

⑧ 讼言云云，1900年7月，章太炎参加唐才常在上海召集的"国会"，因反对"勤王"，"宣言脱社，割辫与绝"。今存《解辫发》一文，即作于此年，内严斥清政府无道。

⑨ 乘舆，指光绪皇帝。章太炎时在苏州东吴大学任教，曾致书孙宝瑄指名批判光绪。

⑩ 小子鸣鼓而攻之可也，原为孔子斥冉求语，见《论语·先进》。

先生既治经，又素博览，戎狄豺狼之说①，岂其未喻，而以唇舌卫捍之？将以尝仕索虏，食其廪禄耶！

昔戴君与全绍衣并污伪命②，先生亦授职为伪编修。非有土子民之吏，不为谋主，与全、戴同。何恩于虏，而悬悬蔽遮其恶？如先生之棣通故训，不改全、戴所操，以海承学，虽杨雄、孔颖达③，何以加焉？

1901 年

选自《章太炎选集》

上海人民出版社 1981 年

## 作家的话 ◈

仆闻之，修辞立其诚也。自诸辞赋以外，华而近组则灭质，辩而妄断则失情，远于立诚之齐者，斯皆下情所欲弃捐，固不在奇偶数。

《太炎文录·与人论文书》

---

① 戎狄豺狼之说，《左传·闵公元年》："狄人伐邢。管敬仲言于齐侯曰：'戎狄豺狼，不可厌也；诸夏亲昵，不可弃也。'"这是以豺狼比喻贪残的人。

② 戴君，即戴震（1723—1777），字东原，安徽休宁人，清代思想家，曾斥理学是"以理杀人"，著有《孟子字义疏证》《原善》等。全绍衣，即全祖望（1705—1755），浙江鄞县（今鄞州区）人，清代史学家。在学术上推崇黄宗羲，他的《鲒埼亭集》，收集了不少明清之际义士、学者的史料。并污伪命，指戴震与全祖望都曾参加过清廷主持的《四库全书》的编修工作。

③ 杨雄，也作扬雄，西汉末成都（今四川成都）人。曾仿《易》作《太玄》，仿《论语》作《法言》，仿《仓颉篇》作《训纂》，又收集各地语言作《方言》，是当时著名学者。孔颖达（574—648），字冲远，隋末唐初经学家，累任国子祭酒，曾奉唐太宗之命主编《五经正义》。扬雄、孔颖达都历仕二朝。

评论家的话 ≪≫

　　梁启超的文章笔锋常带感情，章氏的文章也充满着极强烈的感情。不过二人的作风绝对不同，梁氏若长江、黄河，一泻千里；章氏若一把短小的匕首，尖锐锋利，有发必中。

　　章氏的文章，内容充实，析理绵密，故和桐城派的古文不同；情感丰富，笔力悍健，故和朴学家的疏证文不同。他替古文学发出了最后的光芒！

——吴文祺：《近百年来的中国文艺思潮》

# 刘 鹗

## 大明湖边美人绝调（《老残游记》节选）

 

 

刘鹗，字铁云，别署洪都百炼生。1857 年生于江苏丹徒（今镇江市）。青年时期曾为太谷学派的第三代传人，治学注重实践，精通文史、数学、医学、水利学及金石书画等各种学问，并从事经商。光绪十四年（1888）郑州黄河决口，曾先后在河南巡抚吴大澂、山东巡抚张曜处做幕府，帮办治黄工程。因治河有功，遂被保荐到总理各国事务衙门，渐至以知府任用。八国联军侵占北京时，以贱价向联军购得太仓储谷赈济饥民，事后清廷以"私售仓粟"之罪流放新疆，次年（1909）逝于迪化（今乌鲁木齐）。

《老残游记》及其续集，为晚清四大谴责小说之一。小说写一个号称老残的江湖医生铁英浪迹山东的见闻和作为。大部分篇幅着力揭露所谓"清官"的暴政，他们大施淫威，肆虐百姓，铸成一桩桩骇人听闻的冤案，是古典小说中第一次出现的"清官"乃酷吏的艺术典型。随着老残的足迹所至，还丰富地展现了清末山东一带的社会风情和自然景物，叙景状物，前无古人。本书所节选的第二回，便以简练明畅的笔致，对济南大明湖的自然环境和明湖居白妞的说书技艺，作了精彩的描绘，名句迭出，是历来为人传诵的名篇。标题为编者所加。

自从那日起，又过了几天，老残向管事的道："现在天气渐寒，贵居停的病也不会再发，明年如有委用之处再来效劳。目下鄙人要往济南府去看看大明湖的风景。"管事的再三挽留不住，只好当晚设酒饯行，封了一千两银子奉给老残，算是医生的酬劳。老残略道一声"谢谢"，也就收入箱笼，告辞动身上车去了。

一路秋山红叶，老圃黄花，颇不寂寞。到了济南府，进得城来，家家泉水，户户垂杨，比那江南风景，觉得更为有趣。到了小布政司街，觅了一家客店，名叫高升店，将行李卸下，开发了车价酒钱，胡乱吃点晚饭，也就睡了。

次日清晨起来，吃点儿点心，便摇着串铃满街踅了一趟，虚应一应故事。午后便步行至鹊华桥边，雇了一只小船，荡起双桨，朝北不远，便到历下亭前。下船进去，入了大门便是一个亭子，油漆已大半剥蚀。亭子上悬了一副对联，写的是"历下此亭古，济南名士多"，上写着"杜工部句"，下写着"道州何绍基书"。亭子旁边虽有几间群房，也没有什么意思。复行下船，向西荡去，不甚远，又到了铁公祠畔。你道铁公是谁？就是明初与燕王为难的那个铁铉。后人敬他的忠义，所以至今春秋时节，土人尚不断的来此进香。

到了铁公祠前，朝南一望，只见对面千佛山上，梵宇僧楼，与那苍松翠柏高下相间，红的火红，白的雪白，青的靛青，绿的碧绿。更有那一株半株的丹枫夹在里面，仿佛宋人赵千里的一幅大画，做了一架数十里长的屏风。正在叹赏不绝，忽听一声渔唱。低头看去，谁知那明湖业已澄净的同镜子一般。那千佛山的倒影映在湖里，显得明明白白。那楼台树木格外光彩，觉得比上头的一个千佛山还要好看，还要清楚。这湖的南岸，上去便是街市，却有一层芦苇密密遮住，现在正是着花的时候，一片白花映着带水汽的斜阳，好似一条粉红绒毯，做了上下两个山的垫子，实在奇绝。老残心里想道："如此佳景，为何没有什么游人？"看了一会儿，回转身来，看到大门里面楹柱上有副对联，写的是"四面荷花三面柳，一城山色半城湖"，暗暗点头道："真正不错。"

进了大门，正面便是铁公享堂，朝东便是一个荷池。绕着曲折的回廊，到了荷池东面，就是个圆门。圆门东边有三间旧房，有个破匾，上题"古水仙祠"四个字。祠前一副破旧对联，写的是"一盏寒泉荐秋菊，三更画船穿藕花"。过了水仙祠，仍旧上了船。荡到历下亭的后面，两边荷叶荷花将船夹住。那荷叶初枯，擦的船嗤嗤的响；那水鸟被人惊起，格格的飞；那已老的莲蓬，不断的绷到船窗里面来。老残随手摘了几个莲蓬，一面吃着，一面船已到了鹊华桥畔了。

到了鹊华桥，才觉得人烟稠密，也有挑担子的，也有推小车子的，也有坐二人抬小蓝呢轿子的。轿子后面，一个跟班的戴个红缨帽子，膀子底下夹个护书拼命价奔，一面用手巾擦汗，一面低着头跑。街上五六岁的孩子不知避人，被那轿夫无意踢倒一个，他便哇哇的哭起。他的母亲赶忙跑来问："谁碰倒你的？谁碰倒你的？"那个孩子只是哇哇的哭，并不说话。问了半天，才带哭说了一句道："抬轿子的！"他母亲抬头看时，轿子早已跑得有二里多远了。那妇人牵了孩子，嘴里不住咭咭咕咕的骂着，就回去了。

老残从鹊华桥往南，缓缓向小布政司街走去，一抬头，见那墙上贴了一张黄纸，有一尺长、七八寸宽的光景，居中写着"说鼓书"三个大字，旁边一行小字是"二十四日明湖居"。那纸还未十分干，心知是方才贴的，只不知道这是什么事情，别处也没有见过这样招子。一路走着，一路盘算，只听耳边有两个挑担子的说道："明儿白妞说书，我们可以不必做生意，来听书罢。"又走到街上，听铺子里柜台上有人说道："前次白妞说书，是你告假的，明儿的书，应该我告假了。"一路行来，街谈巷议，大半都是这话，心里诧异道："白妞是何许人？说的是何等样书？为甚一纸招贴，便举国若狂如此？"信步走来，不知不觉已到高升店口。

　　进得店去，茶房便来回道："客人，用什么夜膳？"老残一一说过，就顺便问道："你们此地说鼓书是个什么玩意儿？何以惊动这们许多的人？"茶房说："客人，你不知道。这说鼓书本是山东乡下的土调，用一面鼓、两片梨花简，名叫'梨花大鼓'，演说些前人的故事，本也没甚稀奇。自从王家出了这个白妞、黑妞姊妹两个，这白妞名字叫作王小玉，此人是天生的怪物！他十二三岁时就学会了这说书的本事。他却嫌这乡下调儿没什么出奇，他就常到戏园里看戏，所有什么西皮、二簧、梆子腔等唱，一听就会；什么余三胜、程长庚、张二奎等人的调子，他一听也就会唱。仗着他的喉咙，要多高有多高；他的中气，要多长有多长，他又把那南方的什么昆腔、小曲，种种的腔调，他都拿来装在这大鼓书的调儿里面。不过二三年工夫，创出这个调儿，竟至无论南北高下的人，听了他唱书，无不神魂颠倒。现在已有招子，明儿就唱。你不信，去听一听就知道了。只是要听还要早去。他虽是一点钟开唱，若得十点钟去，便没有座位的。"老残听了，也不甚相信。

次日六点钟起，先到南门内看了舜井，又出南门，到历山脚下，看看相传大舜昔日耕田的地方。及至回店，已有九点钟的光景，赶忙吃了饭，走到明湖居，才不过十点钟时候。

那明湖居本是个大戏园子，戏台前有一百多张桌子。那知进了园门，园子里面已经坐的满满的了，只有中间七八张桌子还无人坐，桌子却都贴着"抚院定""学院定"等类红纸条儿。老残看了半天，无处落脚，只好袖子里送了看座儿的二百个钱，才弄了一张短板凳，在人缝里坐下。看那戏台上，只摆了一张半桌，桌子上放了一面板鼓，鼓上放了两个铁片儿，心里知道这就是所谓梨花简了。旁边放了一个三弦子，半桌后面放了两张椅子，并无一个人在台上。偌大的个戏台空空洞洞别无他物，看了不觉有些好笑。园子里面，顶着篮子卖烧饼油条的有一二十个，都是为那不吃饭来的人买了充饥的。到了十一点钟，只见门口轿子渐渐拥挤，许多官员都着了便衣，带着家人，陆续进来。不到十二点钟，前面几张空桌俱已满了，不断还有人来，看座儿的也只是搬张短凳，在夹缝中安插。这一群人来了，彼此招呼，有打千儿的，有作揖的，大半打千儿的多。高谈阔论，说笑自如。这十几张桌子外，看来都是做生意的人，又有些像是本地读书人的样子，大家都喊喊喳喳的在那里说闲话。因为人太多了，所以说的什么话都听不清楚，也不去管他。

到了十二点半钟，看那台上，从后台帘子里面出来一个男人，穿了一件蓝布长衫，长长的脸儿，一脸疙瘩，仿佛风干福橘皮似的，甚为丑陋。但觉得那人气味倒还沉静。出得台来，并无一语，就往半桌后面左手一张椅子上坐下，慢慢的将三弦子取来，随便和了和弦，弹了一两个小调，人也不甚留神去听，后来弹了一支大调，也不知道叫什么牌子。只是到后来，全用轮指，那抑扬顿挫，入耳动心，恍若有几十根弦、几百个指头在那里弹似的。这时台下叫好的声音不绝于耳，却也压不下那弦子去。这曲弹罢就歇了手，旁边有人送上茶来。

停了数分钟时，帘子里面出来一个姑娘，约有十六七岁，长长鸭蛋脸儿，梳了一个抓髻，戴了一副银耳环，穿了一件蓝布外褂儿，一条蓝布裤子，都是黑布镶滚的。虽是粗布衣裳，倒十分洁净。来到半桌后面右手椅子上坐下。那弹弦子的便取了弦子铮铮钹钹弹起。这姑娘便立起身来，左手取了梨花简，夹在指头缝里，便叮叮当当的敲，与那弦子声音相应；右手持了鼓槌子，凝神听那弦子的节奏。忽羯鼓一声歌喉遽发，字字清脆，声声婉转，如新莺出谷，乳燕归巢。每句七字，每段数十句，或缓或急，忽高忽低，其中转腔换调之处，百变不穷，觉一切歌曲腔调俱出其下，以为观止矣。

旁坐有两人，其一人低声问那人道："此想必是白妞了罢？"其一人曰："不是。这人叫黑妞，是白妞的妹子。他的调门儿都是白妞教的，若比白妞，还不晓得差多远呢！他的好处人说得出，白妞的好处人说不出；他的好处人学的到，白妞的好处，人学不到。你想，这几年来，好顽耍的谁不学他们的调儿呢？就是窑子里的姑娘，也人人都学，只是顶多有一两句到黑妞的地步，若白妞的好处，从没有一个人能及他十分里的一分的。"说着的时候，黑妞早唱完，后面去了。

这时满园子里的人，谈心的谈心，说笑的说笑。卖瓜子、落花生、山里红、核桃仁的，高声喊叫着卖，满园子里听来都是人声。

正在热闹哄哄的时节，只见那后台里又出来了一位姑娘，年纪约十八九岁，装束与前一个毫无分别，瓜子脸儿，白净面皮，相貌不过中人以上之姿，只觉得秀而不媚，清而不寒。半低着头出来，立在半桌后面把梨花简叮当了几声，煞是奇怪：只是两片顽铁，到他手里，便有了五音十二律似的，又将鼓槌子轻轻的点了两下，方抬起头来向台下一盼。那双眼睛，如秋水，如寒星，如宝珠，如白水银里头养着两丸黑水银，左右一顾一盼，连那坐在远远墙角子里的人，都觉得王小玉看见我了；那坐得近的，更不必说。就这一眼，满园子里便鸦雀无声，比皇帝出来还要静悄得多呢，连一根针掉在地上都听得见响！

王小玉便启朱唇，发皓齿，唱了几句书儿。声音初不甚大，只觉入耳有说不出来的妙境，五脏六腑里，像熨斗熨过，无一处不服帖；三万六千个毛孔，像吃了人参果，无一个毛孔不畅快。唱了十数句之后，渐渐的越唱越高，忽然拔了一个尖儿，像一线钢丝抛入天际，不禁暗暗叫绝。那知他于那极高的地方尚能回环转折，几啭之后，又高一层，接连有三四叠，节节高起。恍如由傲来峰西面攀登泰山的景象：初看傲来峰削壁千仞，以为上与天通；及至翻到傲来峰顶，才见扇子崖更在傲来峰上；及至翻到扇子崖，又见南天门更在扇子崖上，愈翻愈险，愈险愈奇！

那王小玉唱到极高的三四叠后，陡然一落，又极力骋其千回百折的精神，如一条飞蛇在黄山三十六峰半中腰里盘旋穿插，顷刻之间，周匝数遍。从此以后，愈唱愈低，愈低愈细，那声音渐渐的就听不见了。满园子的人都屏气凝神，不敢少动。约有两三分钟之久，仿佛有一点声音从地底下发出。这一出之后，忽又扬起，像放那东洋烟火，一个弹子上天，随化作千百道五色火光，纵横散乱。这一声飞起，即有无限声音俱来并发。那弹弦子的亦全用轮指，忽大忽小，同他那声音相和相合，有如花坞春晓，好鸟乱鸣。耳朵忙不过来，不晓得听那一声的为是。正在缭乱之际，忽听霍然一声，人弦俱寂。这时台下叫好之声，轰然雷动。

停了一会，闹声稍定，只听那台下正座上有一个少年人，不到三十岁光景，是湖南口音，说道："当年读书，见古人形容歌声的好处，有那'余音绕梁，三日不绝'的话，我总不懂，空中设想，余音怎样会得绕梁呢？又怎会三日不绝呢？及至听了小玉先生说书，才知古人措辞之妙。每次听他说书之后，总有好几天耳朵里无非都是他的书，无论做什么事总不入神，反觉得'三日不绝'这'三日'二字下得太少，还是孔子'三月不知肉味''三月'二字形容得透彻些！"旁边人都说道："梦湘先生论得透辟极了！'于我心有戚戚焉'。"

说着，那黑妞又上来说了一段，底下便又是白妞上场。这一段，闻旁边人说，叫作"黑驴段"。听了去，不过是一个士子，见一个美人骑了一个黑驴走过去的故事。将形容那美人，先形容那黑驴怎样怎样好法，待铺叙到美人的好处，不过数语，这段书也就完了。其音节全是快板，越说越快。白香山诗云"大珠小珠落玉盘"可以尽之。其妙处，在说得极快的时候，听的人仿佛都赶不上听，他却字字清楚，无一字不送到人耳轮深处。这是他的独到，然比着前一段，却未免逊一筹了。

选自《中国近代文学大系·小说集》（4）

上海书店 1992 年 12 月版

吾人生今之时，有身世之感情，有家国之感情，有社会之感情，有种教之感情。其感情愈深者，其哭泣愈痛：此洪都百炼生所以有《老残游记》之作也。

棋局已残，吾人将老，欲不哭泣也得乎？吾知海内千芳，人间万艳，必有与吾同哭同悲者焉！

《〈老残游记〉自叙》

戊戌变政既不成，越二年即庚子岁而有义和团之变，群乃知政府不足与图治，顿有抨击之意矣。其在小说，则揭发伏藏，显其弊恶，而于时政，严加纠弹，或更扩充，并及风俗。……其书即借铁英号老残者之游行，而历记其言论闻见，叙景状物，时有可观，作者信仰，并见于内，而攻击官吏之处亦多。

鲁迅：《中国小说史略·清末之谴责小说》

胡适最早指出《老残游记》的这一特点，他说："《老残游记》最擅长的是描写技术；无论写人写景，作者都不肯有套语滥调，总想熔铸新词，作实地的描写。在这一点上，这部书可算是前无古人了。"《老残游记》在人物刻画上的成功，如写玉贤的残暴狠毒，刚弼的刚愎自用都很有特色，这里就不谈了。我想就他描写自然风光的成就说几句。小说第二回大明湖的自然风光是美极了，至今外地人皆知济南"家家泉水，户户垂杨"、"四面荷花三面柳，一城山色半城湖"。其他如千佛山的倒影，大明湖的水色，通过《老残游记》

优美动人的描写，更加引起国内外游人的兴致。……

音乐是以声音为表现手段，完全凭听觉感受的审美艺术。音响又是无形的，要把无形的声音形象地描绘出来，确是一件不容易的事。白居易的名篇《琵琶行》中关于音乐的描写已使人叹为观止。读了刘鹗关于白妞说书的描写觉得更形象、更生动，更能调动和丰富欣赏者的审美感受，更具有艺术魅力。作者不仅从心理感受的角度写出了音乐美给人的愉悦感受："五脏六腑里，像熨斗熨过，无一处不服帖；三万六千个毛孔，像吃了人参果，无一个毛孔不畅快。"而且有层次地写了音乐的美妙佳境。首先是歌唱由低渐高，高中又有层次，作者以登泰山的傲来峰、扇子崖、南天门三处为喻，步步升高，愈升愈险，愈险愈奇。其次是歌喉由高转低，当白妞唱到极高三四叠后，声音又忽然一落，美妙的音响在半空盘旋回荡，几经反复。而后愈唱愈低，那声音渐渐听不见了，听众也进入了"此时无声胜有声"的艺术境界，"满园子的人都屏气凝神，不敢少动"。再次写妙音复起，仿佛声音从地底下发出，忽又扬起，作者用东洋烟火（即现在的礼花）来形容，这一声飞起，即有无数声音俱来并发。那弹弦子的亦全用轮指，忽大忽小，此时真用得上"大珠小珠落玉盘"了，乐声相和，臻于妙境。刘鹗化无形的音乐为有形的景物，借物赋形，通过各种比喻和象声叠词，把转瞬即逝的声音，描绘为具体可感的形象，又运用"通感"的原理，把听觉转化为视觉、感觉，即把欣赏者对音乐美的感受具象化，从而启发人的联想和想象，唤起欣赏者的审美意象和感觉上的共鸣，从而进入美的境界。读过这段声情并茂的美文，令人不能不折服于作者那支生花妙笔。

郭延礼：《中国近代文学发展史》

# 林觉民
## 与 妻 书

　　林觉民，字意洞，号抖飞，又号天外生。1887 年生于
福建闽县（今福州）。十四岁进福建高等学堂。1907 年留学
日本，入庆应大学文科，学习哲学。其间加入中国同盟会。
1911 年回广州策划起义，在战斗中负伤被俘；不屈就义。
为黄花岗七十二烈士之一。

意映卿卿如晤：

吾今以此书与汝永别矣！吾作此书时，尚为世中一人；汝看此书时，吾已成为阴间一鬼。吾作此书，泪珠和笔墨齐下，不能竟书，而欲搁笔。又恐汝不察吾衷，谓吾忍舍汝而死，谓吾不知汝之不欲吾死也，故遂忍悲为汝言之。

吾至爱汝！即此爱汝一念，使吾勇于就死也！吾自遇汝以来，常愿天下有情人都成眷属，然遍地腥云，满街狼犬，称心快意，几家能彀？司马青衫，吾不能学太上之忘情也。语云：仁者"老吾老以及人之老，幼吾幼以及人之幼"。吾充吾爱汝之心，助天下人爱其所爱，所以敢先汝而死，不顾汝也。汝体吾此心，于悲啼之余，亦以天下人为念，当亦乐牺牲吾身与汝身之福利，为天下人谋永福也。汝其勿悲！

汝忆否？四五年前某夕，吾尝语曰："与使吾先死也，无宁汝先吾而死。"汝初闻言而怒，后经吾婉解，虽不谓吾言为是，而亦无辞相答。吾之意盖谓以汝之弱，必不能禁失吾之悲，吾先死留苦与汝，吾心不忍，故宁请汝先死，吾担悲也。嗟夫！谁知吾卒先汝而死乎？

吾真不能忘汝也！回忆后街之屋，入门穿廊，过前后厅，又三四折，有小厅，厅旁一室为吾与汝双栖之所。初婚三四个月，适冬之望日前后，窗外疏梅筛月影，依稀掩映，吾与汝并肩携手，低低切切，何事不语？何情不诉？及今思之，空余泪痕！又回忆六七年前，吾之逃家复归也，汝泣告我："望今后有远行，必以告妾，妾愿随君行。"吾亦既许汝矣。前十余日回家，即欲乘便以此行之事语汝，及与汝相对，又不能启口，且以汝之有身也，更恐不胜悲，故惟日日呼酒买醉。嗟夫！当时余心之悲，盖不能以寸管形容之。

吾诚愿与汝相守以死，第以今日事势观之，天灾可以死，盗贼可以死，瓜分之日可以死，奸官污吏虐民可以死，吾辈处今日之中国，国中无地无时不可以死！到那时使吾眼睁睁看汝死，或使汝眼睁睁看吾死，吾能之乎？抑汝能之乎？即可不死，而离散不相见，徒使两地眼成穿而骨化石，试问古来几曾见破镜能重圆，则较死为苦也。将奈之何？今日吾与汝幸双健。天下人之不当死而死，与不愿离而离者，不可数计。钟情如我辈者，能忍之乎？此吾所以敢率性就死不顾汝也！吾今死无余憾，国事成不成，自有同志者在。依新已五岁，转眼成人，汝其善抚之，使之肖我。汝腹中之物，吾疑其女也，女必像汝，吾心甚慰；或又是男，则亦教其以父志为志，则吾死后，尚有二意洞在也，幸甚，幸甚！

吾家后日当甚贫，贫无所苦，清静过日而已。

吾今与汝无言矣！吾居九泉之下，遥闻汝哭声，当哭相和也。吾平日不信有鬼，今则又望其真有。今人又言心电感应有道，吾亦望其言是实，则吾之死，吾灵尚依依旁汝也，汝不必以无侣悲！

吾生平未尝以吾所志语汝，是吾不是处。然语之，又恐汝日日为吾担忧。吾牺牲百死而不辞，而使汝担忧，的的非吾所忍。吾爱汝至，所以为汝谋者惟恐未尽。汝幸而偶我，又何不幸而生今日之中国！吾幸而得汝，又何不幸而生今日之中国！卒不忍独善其身。嗟夫！巾短情长，所未尽者，尚有万千，汝可摹拟得之。吾今不能见汝矣！汝不能舍吾，其时时于梦中得我乎！一恸！

辛亥三月廿六夜四鼓，意洞手书。

家中诸母皆通文，有不解处，望请其指教，当尽吾意为幸。

选自《中国近代文学大系（1840—1919）·书信日记集》（1）

上海书店 1992 年版

## 评论家的话 ◈

林觉民，光绪三十一年（1905 年）与陈意映结婚，夫妻感情甚笃，次年生一子，名依新。林觉民在广州起义前三天，即 1911 年 4 月 24 日夜在香港写了这封《与妻书》，翌日晨，林觉民嘱托友人："我死，幸为转达。"即偕同林尹民、郑烈等人赴广州，并在船上对郑烈说："此举若败，死者必多，定能感动同胞。……使吾同胞一旦尽奋而起，克复神州，重兴祖国，则吾辈虽死之日，犹生之年也，宁有憾哉！宁有憾哉！"可见他此时已经抱定殉国的决心。……《与妻书》是作者饱和着血泪，浸润着无限深情而写的诀别书，表现了一位革命党人为推翻封建王朝、建立民主共和国不惜舍弃家庭幸福和牺牲个人生命的崇高的奉献精神和高尚情怀。

这封信之所以如此感人肺腑，催人泪下，主要是因为作者具有崇高的思想境界：他不仅倾诉了一个丈夫与妻子诀别时那种真挚的、深厚的、难舍难离的爱，而且又把这种爱与对他人的爱、对祖国的爱结合起来，使《与妻书》闪现出更加动人的光辉。

郭延礼：《中国近代文学发展史》

# 李叔同
## 送 别

　　李叔同，名文涛，字息霜，浙江平湖人。1880 年生于天津。少年时期即多才多艺，书画诗俱佳。1898 年携眷旅居上海，与友人结"城南文社"，颇有诗名。1905 年留学日本，入东京上野美术学校习油画兼水彩画，后又进入东京音乐学校学钢琴、提琴和作曲，创作歌曲多种。在东京组织春柳剧社，主演《茶花女》等新剧。1910 年回国后，加入南社，主编《文美杂志》，任《太平洋报》主笔兼编辑。先后受聘于浙江两级师范学校和南京高等师范学校任教员。这期间佛缘渐深，1918 年在杭州虎跑定慧寺正式舍俗出家。同年受戒于灵隐寺。法名演音，号弘一。往来于嘉兴、上虞、温州、厦门、泉州等地弘扬佛法。1931 年在上虞白马湖横塘法界寺前发愿专修南山律学，成为我国近代德高望重的律宗高僧。1942 年于福建泉州圆寂。有《清凉歌集》《晚晴山房书简》《南闽十年之梦影》《惠安弘法日记》《李庐印谱》等著述，编著有律学典籍文献《南山律苑丛书》等。

长亭外，

古道边，

芳草碧连天。

晚风拂柳笛声残，

夕阳山外山。


天之涯，

地之角，

知交半零落；

一瓢浊酒尽余欢，

今宵别梦寒。


长亭外，

古道边，

芳草碧连天。

晚风拂柳笛声残，

夕阳山外山。

选自《弘一法师年谱》

宗教文化出版社 1995 年 8 月版

应使文艺以人传，不可人以文艺传。

引自《弘一法师年谱》

评论家的话 ◇◇

曲上的歌，主要的是李叔同先生——即现在杭州大慈山僧弘一法师——所作或配的。我们选歌曲的标准，对于曲要求其旋律的正大与美丽；对于歌要求诗歌与音乐的融合。西洋名曲之传诵于全世界者，都有那样好的旋律；李先生有深大的心灵，又兼备文才与乐才，据我们所知，中国作曲作歌的只有李先生一人。

丰子恺：《〈中文名歌五十曲〉序》

在李叔同这一时期的歌曲中，《送别》一首无疑是最有代表性的了。其影响也最大，故事也特别多。长期以来，《送别》几乎成了李叔同的代名词，而大陆电影《早春二月》《城南旧事》的插曲或主题歌采用《送别》后，这首歌更是家喻户晓。

然而，对于《送别》，却有一个不太引人注意的宣传失误。由于人们对此歌宣传得多，研究得少，所以大多数人以为此歌的词与曲皆为李叔同所作。其实《送别》的曲子原是美国通俗歌曲作者 J·P·奥德威（John P. Ordway 1824—1880）所作，歌曲的名字叫《梦见家和母亲》。由于此曲十分优美，日本歌词作者犬童球溪（1884—1905）便采用它的旋律填写了《旅愁》。《旅愁》刊于犬童球溪逝世后的 1907 年。此时正值李叔同在日本留学且又研究音乐，他对《旅愁》当有较深的印象。

《送别》采用了《梦见家和母亲》的旋律，但歌词显然受了《旅愁》的影响。《旅愁》的歌词是：

　　　　西风起，秋渐深，秋容动客心。独自惆怅叹飘零，寒光照孤影。

　　　　忆故土，思故人，高堂念双亲。乡路迢迢何处寻？觉来归梦新。

　　由此可见，《旅愁》《送别》两首歌不仅旋律相同，歌词意境亦相近。

　　李叔同写《送别》歌是在 1914 年。此歌一经问世，流传得特别广泛。仅是收在独唱和钢琴伴奏谱的歌曲集里的就有《中文名歌五十曲》《仁声歌集》《中学音乐教材》《万叶歌曲集》《中学歌曲选》《李叔同歌曲集》等。

　　　　　　　　　　陈星：《芳草碧连天——弘一法师传》

# 苏曼殊
## 碎 簪 记

　　苏曼殊，原名戬，字子谷，小名三郎，后改名元瑛。原籍广东香山（今中山），1884 年生于日本横滨一华侨商人家庭，母亲系日本人。长期往返于中日之间，曾入早稻田大学高等预科读书，后漫游南洋各地。亦僧亦俗，风流倜傥，能诗善绘。通多国语言，曾将中国古典诗词译成英文，又向中国译介了英国浪漫主义诗人拜伦、雪莱等的作品，为中西文学交流的先驱者。1913 年因不满袁世凯政权而发表《释曼殊代十方法侣宣言》。1918 年病逝于上海。

余至西湖之第五日，晨餐甫罢，徘徊于南楼之上，钟声悠悠而逝。遥望西湖风物如恒，但与我游者，乃不同耳。计余前后来此凡十三次：独游者九次，共昙谛法师一次，共法忍禅师一次，共邓绳侯[①]、独秀山民[②]一次，今即同庄湜也。

此日天气阴晦，欲雨不雨，故无游人，仅有二三采菱之舟出没湖中。余忽见杨缕毵毵[③]之下，碧水红莲之间，有扁舟徐徐而至。更视舟中，乃一淡装女郎，心谓此女游兴不浅，何以独无伴侣？移时，舟停于石步，此女风致，果如仙人也。至旅邸之门，以吾名氏叩阍者，阍者肃之登楼。余正骇异，女已至吾前，盈盈为礼，然后赧然言曰："先生幸恕唐突。闻先生偕庄君同来，然软？"余漫应曰："然。"女曰："妾为庄君旧友，特来奉访。敬问先生，庄君今在否？"余曰："晨朝策马自去，或至灵隐、天竺[④]间，日暮归来，亦未可定。君有何事？吾可代达也。"尔时，女若有所思，已而复启余曰："妾姓杜，名灵芳，住湖边旅舍第六号室。敬乞传语庄君，明日上午惠过一谈。但有渎精神，良用歉仄耳。"余曰："敬闻命矣。"女复含赧谢余，打桨而去。余此际神经，颇为此女所扰，此何故哉？一者，吾友庄湜恭慎笃学，向未闻与女子交游，此女胡为乎来？二者，吾

---

① 邓绳侯，号艺孙，安徽怀宁人。
② 独秀山民，陈仲甫的号。
③ 毵毵，毛细长貌，形容枝叶细长。
④ 天竺，山名，在西湖西南，灵隐寺之南。

与此女无一面之雅，何由知吾名姓？又知庄湜同来？三者，此女正当绮龄，而私约庄湜于逆旅，此何等事？若谓平康挟瑟者流①，则其人仪态万方，非也；若谓庄湜世交，何以独来访问，不畏多言耶？余静坐沉思，久乃耸然曰："天下女子，皆祸水②也！"余立意既定，抵暮，庄湜归，吾暂不提此事。

明日，余以电话询湖边旅舍曰："六号室客共几人？"曰："母女并婢三人。"曰："从何处来？"曰："上海。"曰："有几日住？"曰："饭后乘快车去。"余思：此时即使庄湜趋约，亦不能及。又思：此亦细事，吾不语庄湜，亦未为无信于良友也。

又明日为十八日，友人要余赴江头观潮，并观三牛所牵舟；庄湜倦，不果行。迄余还，已灯火矣。余不见庄湜，问之阍者。阍者云其于六句钟得一信，时具晚膳，独坐不食，须臾外出，似有事也。余即往觅之，沿堤行至断桥③，方见庄湜临风独盼。余曰："露重风多，何为不归？"庄湜不余答，但握余手，顺步从余而返。至旅邸，余罢甚，即就寝，仍未与言女子过访之事也。余至夜半忽醒，时明月侵帘，余披衣即帘下窥之，湖光山色，一一在目，此景不可多得。余欲起与庄湜同观，正衣步至其榻，榻空如也。余即出楼头觅之。时万籁俱寂，瞥眼见庄湜枯立栏前。余自后凭其肩，借月光看其面，有无数湿痕。余问之曰："子何思之深耶？"庄湜仍不余答，但悄然以巾掩泪。余心至烦乱，不知所以慰之，惟有强之就榻安眠，实则

---

① 平康挟瑟者流，指娼妓歌女。平康：唐代长安丹凤街有平康坊，是妓女聚居之地，后以作妓女居地的泛称。挟瑟：持琴。

② 祸水，旧时称惑人败事的女子。《飞燕外传》：汉得火德而兴，后合德得宠，淖夫人在帝后唾曰："此祸水也，灭火必矣。"

③ 断桥，在西湖白堤上，始建于唐代。

庄湜果能安眠否，余不知之，以余此夜亦似睡而非睡也。

翌朝，余见庄湜面灰白，双目微红，食不下咽，其心似曰："吾幽忧正未有艾，吾殆无机复吾常态，与畏友论湖山风月矣。"饭罢，余庄容语之曰："子自昨日神色大变，或有隐恫在心，有触而发，未尝与吾一言，何也？试思吾与子交厚，昨夜睹子情况，使吾与子易地而处，子情何以堪？"此时，余反复与言，终不一答。余不欲扰其心绪，遂与放舟同游，冀有以舒其忧郁，而庄湜始终不稍吐其心事。余思庄湜天性至厚，此事不欲与我言者，必有难言之隐，昨日闻者所云得一信，宁非女郎手笔？吾不欲与庄湜提女子事者，因吾知庄湜用情真挚，而年鬓尚轻，恐一失足，万事瓦解。吾非谓人间不得言爱也。今兹据此情景，则庄湜定与淡装女郎有莫大关系，吾老于忧患矣，无端为庄湜动我缠绵悱恻之感，何哉？余同庄湜既登孤山①，见"碧睛国"② 人数辈，在放鹤亭游览。忽一碧睛女子高歌曰："Love is enough. Why should we ask for more?"③ 女歌毕，即闻空谷作回音，亦曰："Love is enough. Why should we ask for more?"时一青年继曰："Oh! you kid! Sorrow is the depth of Love."④ 空谷作抗音⑤如前。游人均大笑。余见庄湜亦笑，然而强笑不欢，益增吾悲耳。

连日天晴湖静，余出必强庄湜同行。余视庄湜愁潮稍退，渐归平静之境，然庄湜弱不胜衣，如在大病之后。余则如泛大海中，但

---

① 孤山，西湖近北岸的一个小岛，为栖霞岭伸入湖中的余脉，沿白堤西南行可至。

② 碧睛国，绿眼珠人的国家。中国民间过去对白种人国家的统称。

③ "Love"句，中译：有爱就够了，我们何须要求更多呢？

④ "Oh! you kid"句，中译：啊！你这姑娘，爱的深处便是烦忧。

⑤ 抗音，高声。

望海不扬波，则吾友之心庶可收拾。一日，庄湜忽问余曰："吾骑马出游之日，曾有老人觅我否？"余即曰："彼日觅子者，非老人，乃一女郎。"庄湜愕视余曰："女子耶？彼曾有何语？"余始将前事告之，并问曰："彼女子何人也？"庄湜思少间，答曰："吾知之而未尝见面者也。"余曰："始吾不欲以儿女之情扰子游兴，故未言之。今兹反使我不能无问者，子何为得书而神变耶？吾思书必为彼女子所寄，然耶？否耶？"庄湜急曰："否，乃叔父致我者。"余又问曰："然则书中所言，与女子过访不相涉耶？"庄湜曰："彼女过访，实出吾意料之外，君言之，我始知之。"余又问曰："如彼日子未外出，亦愿见彼女子否？"庄湜曰："不愿见之。"余又问曰："子何由问我有无老人来过？彼老人何人也？"庄湜曰："恐吾叔父来游，不相值耳。"

亡何，秋老冬初，庄湜束装归去。余以肠病复发，淹留湖上，或观书，或垂钓，或吸吕宋烟，用已①吾疾，实则肠疾固难已也。

他日，更来一女子，问庄湜在否。余曰："早已归去。"余且答且细瞻之，则容光靡艳，丰韵娟逸，正盈盈十五之年也。女闻庄湜已归，即惘惘乘轩去。余沉吟叹曰："前后访庄湜者两人，均丽绝人寰者也。今姑不问二人与庄湜何等缘分，然二人均以不遇庄湜忧形于色，则庄湜必为两者之意中人无疑矣，但不知庄湜心在阿谁边耳。"又思："庄湜曾言不愿见前之女子，今日使庄湜在者，愿见之乎，抑不愿见之乎？吾今无从而窥庄湜也。夫天下最难解决之事，惟情耳。庄湜宵深掩泪时，余心知此子必为情所累，特其情史未之

---

① 已，此指治愈。

前闻，余又深信庄湜心无二色，昔人有言：'一丝既定，万死不更。'庄湜有焉。今探问庄湜者，竟有二美，则庄湜之不幸，可想而知。哀哉！恐吾良友，不复永年。故余更曰：'天下女子，皆祸水也！'"

半月，余亦归沪，行装甫卸，即访庄湜。其婶云："湜日来忽发热症，现住法国医院。"余驰院视之。庄湜见余，执余手，不言亦不笑。余问之曰："子病略愈否？"庄湜但点首而已。余抚其额，热度亦不高。余此时更不能以第二女访问之事告之，故余亦无言，默坐室内，可半句钟，见庄湜闭睫而卧。适医者入，余低声以病状问医者。医者谓其病症甚轻，惟神经受伤颇重，并嘱余不必与谈往事。医者既行，余出表视之，已八句钟又十分矣。余视庄湜贴然而睡，起立欲归。方启扉，庄湜忽张目向余曰："且勿遽行，正欲与君作长谈也。"余曰："子宜静卧，吾明晨再至。"庄湜曰："吾事须今夕告君。君请坐，吾得对君吐吾衷曲，较药石为有效验。吾见君时，心绪已宁。更有一事：吾今日适接杜灵芳之简，约于九句钟来院。吾向医者言明，医者已许吾谈至十句钟为止。此子君曾于湖上见之，于吾为第一见，故吾求君陪我，或吾辞有不达意者，君须助我。君为吾至亲爱之友，此子亦为吾至亲爱之友，顾此子向未谋面，今夕相逢，得君一证吾心迹，一证彼为德容具备之人，异日或能为我求于叔父，于事兹佳。"庄湜且言且振作其精神，不似带病之人，余心始释，然余思今夕处此境地，实生平所未经。盖男女慕恋，憔悴哀痛而外无可言，吾何能于其间置一词哉？继念庄湜今以一片真诚求我，我何忍却之？余复默坐。

少间，女郎已至，驻足室外。庄湜略起，肃之入。余鞠躬与之为礼。庄湜肃然言曰："吾心慕君，为日非浅，今日始亲芳范，幸何如也!"此际女郎双颊为酡，羞赧不知所对。庄湜复曰："在座者，即吾至友曼殊君，性至仁爱，幸勿以礼防为隔也。"女始低声应曰："知之。"庄湜曰："吾无时不神驰左右，无如事多乖忤，前此累次不愿见君者，实不得已。未审令兄亦尝有书传达此意否?"女复应曰："知之。"庄湜曰："余游西湖之日，接叔父书，谓闻人言，君受聘于林姓，亲迎有日，然欤?"女容色惨沮，而颤声答曰："非也。"庄湜继曰："如此事果确者，君将何以……"语未毕，女截断言曰："碧海青天，矢死不易吾初心也!"庄湜心为摧折，不复言者久之。女忽问曰："妾中秋侍家母之钱塘观潮，令叔已知之耶?"庄湜曰："或知之也。"女曰："妾湖上访君未遇，令叔亦知之耶?"庄湜曰："惟吾与曼殊君知之耳。"女曰："令叔今去通州①，何日归耶?"庄湜曰："不知。"女郎至此，欲问而止者再，已而嗫嚅问曰："君与莲佩女士曾见面否? 与妾同乡同塾，其人柔淑堪嘉也。"庄湜曰："吾居青岛时，曾三次见之，均吾婶绍介。"女曰："君偕曼殊君游湖所在，是彼告我者。彼今亦在武林，未与湖上相遇耶?"庄湜曰："且未闻之。"此际，余始得向庄湜插一言曰："子行后，果有女子来访。"女惊向余曰："请问先生，得毋密发虚鬖、亭亭玉立者欤?"余曰："是矣。"庄湜闻言，泪盈其睫。女郎蹶然②就榻，执庄湜之手，泫然曰："君知妾，妾亦知君。"言次，自拔玉簪授庄湜曰："天不从人愿者，碎之可耳。"余心良不忍听此女作不祥之语。余视表，此时刚十句钟矣，余乃劝女郎早归，俾庄湜安歇。女郎默默与余握手，遂凄然而

---

① 通州，今江苏南通。
② 蹶然，急促的样子。

别。嗟乎！此吾友庄湜与灵芳会晤之始，亦即会晤之终也。

余既别庄湜、灵芳二人而归，辗转思维，终不得二子真相。庄湜接其叔书，谓灵芳将结缡他姓，则心神骤变，吾亲证之，是庄湜爱灵芳真也。余复思灵芳与庄湜晋接时，虽寥寥数语，然吾窥伺此女有无限情波，实在此寥寥数语之外；余又忽忆彼与余握别之际，其心手热度颇高：此证灵芳之爱庄湜亦真也。据二子答问之言推之，事或为其叔中梗耳。庄湜云与莲佩凡三遇，均其婶氏引见，则莲佩必为其叔婶所当意之人。灵芳问我"密发虚鬟、亭亭玉立"此八字者，舍湖上第二次探问庄湜之女郎而外，吾固不能遽作答辞也。然则所谓莲佩女士者，余亦省识春风之面①矣。第未审庄湜亦爱莲佩如爱灵芳否？莲佩亦爱庄湜如灵芳否？既而余愈思愈见无谓，须知此乃庄湜之情关玉扃②，并非属我之事也，又奚可以我之理想，漫测他人情态哉？余乃解衣而睡，遂入梦境。顾梦境之事，似与真境无有差别。但以我私心而论，梦境之味，实长于真境滋多，今兹请言吾梦——

梦偕庄湜、灵芳、莲佩三子，从锦带桥泛棹里湖③，见四围荷叶已残破不堪，犹自战风不已，时或泻其泪珠，一似哀诉造物。余怜而顾之，有一叶摇其首而对余曰："吾非乞怜于尔，尔何不思之甚也？"将至西泠桥④下，灵芳指水边语莲佩曰："此数片小花，作金鱼

---

① 省识春风之面，略识她的美貌。语本杜甫《咏怀古迹》："画图省识春风面，环佩空归夜月魂。"

② 情关玉扃，犹言对心中的爱情加以保密。扃：门窗的插关。

③ 锦带桥，原名涵碧桥，横亘于断桥以西的白堤上。里湖：指北里湖，白堤和孤山围着的湖面。

④ 西泠桥，孤山通往栖霞岭麓的一座环洞拱桥。

047

红色者，亦楚楚可人。先吾亲见之而开，今吾复亲见之而谢，此何花也？"莲佩曰："吾未识之，非蘋花耶？"庄湜转以问余。余曰："此与蘋同种而异类，俗名'鬼灯笼'，可为药料者也。"言时，已过西泠桥。灵芳、莲佩忽同声歌曰："同携女伴踏青去，不上道旁苏小坟①。"俄而歌声已杳，余独卧胡床之上，窗外晨曦在树，晓风新梦，令人惘然。

　　余饭后复至医院，以紫白相间之花十二当②赠庄湜。庄湜静卧榻上。昨夕之事，余不欲重提只字，乃絮论湖上之游，明知此于庄湜为不入耳之言，然余不得不如是也。余见昨夕女所遗簪，犹在枕畔，因谓庄湜曰："此物子好自藏之。"庄湜开眸微视，则摇其首。余为出其巾裹之，置枕下。已而庄湜向余曰："吾姊晨朝来言，吾叔将归与吾同居别业。"余曰："令叔年几何？"庄湜曰："六十一。"继曰："吾叔屡次阻吾与灵芳相见，吾至今仍不审其所以然。然吾心爱灵芳，正如爱吾叔也。"余顺问曰："灵芳之兄何人也？"庄湜曰："吾同学而肝胆照人者也。"余曰："彼今何在？"曰："瑞士。"余曰："有书至否？"曰："有，书皆为我与灵芳之事者。"余曰："云何？"曰："劝我要求阿姊，早订婚约。但吾姊之意，则在莲佩。"余曰："莲佩何如人耶？"曰："彼为吾姊外甥，幼工刺绣，兼通经史，吾姊至爱之。"余即接曰："子亦爱之如爱灵芳耶？"庄湜微叹而曰："吾亦爱之如吾姊也。"余曰："然则二美并爱之矣？"庄湜复叹曰："君

---

　　① 苏小坟，在西泠桥畔。苏小：苏小小，南齐钱塘名歌妓。
　　② 当，量词。

思‘弱水三千’①之义，当识吾心。”余曰：“今问子，心所先属者阿谁？”曰：“灵芳。”余曰：“子先觌面②者为莲佩，而先属意者乃灵芳，其故可得闻欤？”曰：“前者吾游京师，正袁氏③欲帝之日。某要人者，吾故人也。一日，招我于其私宅，酒阑，出文书一纸，嘱余译以法文，余受而读之，乃通告列国文件，盛载各省劝进文中之警句，以证天下归心袁氏。余以此类文句，译成国外之语，均虚妄怪诞、诌谀便辟④之辞，非余之所能胜任也，于是敬谢不敏。某要人曰：‘子不译之，可。今但恳子联名于此，愿耶？’余曰：‘余非外交官，又非元老，何贵署区区不肖之名？’遂与某要人别。三日，有巡警提余至一处，余始知被羁押。时杜灵运为某院秘书，闻吾为奸人所陷，鼎力为余解免。事后弃职，周游大地，今羁瑞士。灵运弱冠⑤失父，偕灵芳游学罗马四年，兄妹俱有令名⑥者也。当余新归海上，偕灵运卜居涌泉路⑦，肥马轻裘与共。灵运将行，余与之同摄一小影，为他日相逢之券。积日灵运微示其贤妹之情，拊余肩而问曰：‘亦有意乎？’余感激几于泣下，其时吾心许之，而未作答词焉。吾思三日，乃将灵运之言闻于叔婶，叔婶都不赞一辞，吾亦置之不问。一日，灵运别余，萧然自去。灵运情义，余无时不深念之。顾虽未

① 弱水三千，元·李好古《张生煮海》杂剧：“小生曾闻这仙境有弱水三千丈，可怎生去的？”后人常用“弱水三千，我只取一瓢饮”，表示不贪得之意。
② 觌面，见面。觌：相，相见。这里指相识。
③ 袁氏，袁世凯（1859—1916），字慰亭，号容庵，河南项城人。北洋军阀首领。辛亥革命后，窃取中华民国临时大总统职位，解散国会，实行专制独裁。1915 年 12 月宣布改次年为洪宪元年，准备即皇帝位。
④ 便辟，善于逢迎谄媚。
⑤ 弱冠，古时指男子二十岁。《礼记·曲礼上》：“二十曰弱冠。”弱：年少。
⑥ 令名，好的名声。
⑦ 涌泉路，上海市的一条马路。

见其妹之面，而吾寸心注定，万却不能移也！”余曰：“子既爱之，而不愿见之，是又何故？”庄湜曰：“始吾不敢有违叔父之命也。”余曰：“佳哉！为人子侄，固当如是。今吾思令叔之所以不欲子与灵芳相见者，亦以子天真诚笃，一经女子眼光所摄，万无获免。此正令叔慈爱之心所至，非猜薄灵芳明矣。吾今复有一言进子：以常理度之，令叔婶必为子安排妥当，子虽初心不转，而莲佩必终属子。子若能急反其所为，收其向灵芳之心，移向莲佩，则此情场易作归宿，而灵芳亦必有谅子之一日。不然者，异日或有无穷悲慨，子虽入山①，悔将何及？”余言至此，庄湜面色顿白，身颤如冒寒。余颇悔失言，然而为庄湜计，舍此再无他言可进。余待庄湜神息少靖，乃去。

数日，其叔婶果挈庄湜居于江湾②之别业。余往访之，见其叔手《东莱博议》③一卷，坐藤椅之上，且观且摇其膝。庄湜引余至其前曰：“阿叔，此吾友曼殊君，同吾游武林者也。”其叔闻言，乃徐徐脱其玳瑁框大眼镜，起立向余略点其首，问曰：“自上海来乎？”余曰：“然。”又曰：“吾闻汝足迹半天下，甚善，甚善。今日天色至佳，汝在此可随意游览。”余曰：“敬谢先生。”时侍婢将茶食呈于藤几之上。庄湜引余坐定，其叔劝进良殷，以手取山楂糕、糖莲子分余，又分庄湜。余密觇其爪甲颇长，且有黑物藏于爪内，余心谓：“墨也，彼必善爪书④。”

---

① 入山，指隐居深山。
② 江湾，镇名。时在上海市北郊宝山县南 13 公里，旧为吴淞江弯曲入江处。
③ 《东莱博议》，《东莱左氏博议》的简称，吕祖谦撰，后世应试作制艺文者多喜仿效。
④ 爪书，即指书，书法的一种，以手指代笔蘸墨书写。

茶既毕，庄湜导余观西苑。余且行且语庄湜曰："令叔和蔼可亲，子试自明心迹，于事或有济也。"庄湜曰："吾叔恩重，所命靡不承顺，独此一事，难免有逆其情意之一日，故吾无日不耿耿于怀。迹吾叔心情，亦必知之而怜我；特以此属自由举动，吾叔故谓蛮夷之风①，不可学也。"

尔时隆隆有车声，庄湜与余即至苑门。车门既启，一女子提其纤鞋下地，余静立瞻之，乃临存湖上之第二女郎也。女一视余，即转目而视庄湜，含娇含笑，将欲有言。余知庄湜中心已战栗，但此时外貌矫为镇定。女果有言曰："闻玉体有恙，今已平善耶？"庄湜曰："谢君见问，愈矣。"女曰："吾前归自青岛，即往武林探君，不料君已返沪。"言至此，回其清盼而问余曰："曼殊先生归几日矣？"余曰："归已六日。"女少思，已而复问庄湜曰："湖上遇灵芳姊耶？"庄湜曰："彼时适外出，故未遇之。"女急续曰："然则至今亦未之见面耶？"此语似夙备者。斯时庄湜实难致答，乃不发一言。女凝视庄湜，而目中之意似曰："枕畔赠簪之时，吾一一知之矣。"

少顷，侍婢请女入。余同庄湜往草场中，徘徊流盼。忽而庄湜颜色惨白，凝立不动。余再三问之，始曰："余思及莲佩前此垂爱之情及阿姊深恩，而吾今兹爱情所向，乃乖忤如是，中心如何可安？复悟君前日训迪之言，吾心房碎矣！"余见庄湜忧深而言婉，因慰之曰："子勿戚戚弗宁，容日吾当代子陈情于令叔，或有转机，亦未可料。"实则余作此语，毫无把握。然而溺于爱者，乃同小儿，其视吾此语，亦如小儿闻人话饼，庄湜又焉知余之所惴惴者耶？余辞庄湜

---

① 蛮夷之风，对欧美风习的鄙称。

归，中途见一马车瞥然而过，车中人即莲佩也，其眼角颇红。余心叹此女实天生情种，亦横而不流者矣。方今时移俗易，长妇姹女[①]，皆竟侈邪，心醉自由之风，其实假自由之名而行越货，亦犹男子借爱国主义而谋利禄。自由之女、爱国之士，曾游女、市侩之不若，诚不知彼辈性灵果安在也！盖余此次来沪，所见所闻，无一赏心之事。则旧友中不少怀乐观主义之人，余平心而论，彼负抑塞磊落之才，生于今日，言不救世，学不匡时，念天地之悠悠，惟有强颜欢笑，情郁于中，而外貌矫为乐观，迹彼心情，苟谓诸国老独能关心国计民生，则亦未也。

迄余行至黄浦，时约十句钟，扪囊只有铜板九枚，心谓为时夜矣，复何能至友人住宅？昔余羁异国，不能谋一宿，乃驿路之待客室，吸烟待旦，此法独不能行之上海。余径至一报馆访某君。某君方埋首乱纸堆中，持管疾书，见余，笑曰："得毋谓我下笔千言，胸无一策者耶？"余曰："此不生问题者也。夜深吾无宿处，故来奉扰。"某君曰："甚善。吾有烟榻，请子先卧，吾毕此稿，即来共子聚谈。吾每日以'勋爵勋爵，入阁入阁'[②]诸名词见累，正欲得素心人一谈耳。"余问曰："子于何时就寝？"某君曰："明晨五六句钟始能就寝。子不知报馆中人，一若依美国人之起卧为准则耶？"余曰："然则听我去睡，明晨五六句钟，适吾起时也。"某君曰："子自卧，吾自为文。"余乃和衣而睡。

明晨，余更至一友人家。友人顾问余曰："子冬衣犹未剪裁。何

---

① 长妇姹女，成年女人和少女。
② "勋爵勋爵，入阁入阁"，为当时讽刺时势的宣传套语。意谓时世变异迅猛，滥意提擢，不是封勋晋爵，就是入阁受任。

日返西湖去？”余曰：“未定。”友人出百金纸币相赠曰：“子取用之。”余接金，即至英界购一表，计七十元，意离沪时以此表还赠其公子上学之用，亦达其情。余购表后，又购吕宋烟二十元之谱，即返向日寄寓友人之处。

翌日，接庄湜笺，约余速往。余既至，庄湜即牵余至卧室，细语余曰：“吾婶明日往接莲佩来此同住，吾今殊难为计，最好君亦暂寓舍间，共语晨夕；若吾一人独居，彼必时来缠扰。彼日吾冷然对之，彼怅惘而归，吾知彼必有微言陈于吾婶也。”余曰：“尊婶尚有何语？”庄湜曰：“此消息得之侍婢，非吾婶见告者。”余曰：“余一周之内，须同四川友人重赴西湖，愧未能如子意也。”庄湜曰：“使君住此一周亦佳，不然者，吾惟有逃之一法。”余即曰：“子逃向何处？”庄湜曰：“吾已审思，如事迫者，吾惟有约灵芳同往苏州或长江一带商埠。”余曰：“灵芳知子意否？”庄湜曰：“病院一别，未尝再见，故未告之。”余曰：“善，余来陪子住，细细商量可也。子若贸然他遁，此下下策，余不为子取也。”余是日即与庄湜同居，其叔婶遇余，一切殷渥，余甚感之。

明日，莲佩亦迁来南苑，所携行李甚简单，似不久住也者。余见庄湜与莲佩每相晤面，亦不作他语，但莞尔示敬而已。有时见莲佩伫立厅前，庄湜则避面而去，莲佩故心知之而无如何也。

一日，天阴，气候颇冷，余同庄湜闲谈书斋中。忽见侍婢捧百叶水晶糕进，曰：“此燕小姐新制，嘱馈公子并客。”庄湜受之。侍婢去未移时，而莲佩从容含笑入斋，问起居。庄湜此时无少惊异，亦不表殷勤之貌，但曰：“多谢点心。请燕小姐坐近炉次，今日气候甚寒也。”莲佩待余两人归原座，乃敛裾坐于炉次，盖服西装也，上衣为雪白毛绒所织，披其领角，束桃红领带，状若垂巾，其短裾以墨绿色丝绒制之，着黑长袜，履十八世纪流行之舄，乃玄色天鹅绒所制，尖处结桃红 Ribbon①，不冠，但虚鬌其发，两耳饰钻石作光，正如乌云中有金星出焉。余见庄湜危坐，不与之一言，余乃发言问曰："燕小姐尝至欧美否？"莲佩低鬌应曰："未也。吾意二三年后，当往欧洲一吊新战场。若美洲，吾不愿往，且无史迹可资凭睐，而其人民以 Make money② 为要义，常曰：'Two dollars is always better than one dollar.'③ 视吾国人直如狗耳，吾又何颜往彼都哉？人谓美国物质文明，不知彼守财虏，正思利用物质文明，而使平民日趋于贫。故倡人道者有言曰：'使大地空气而能买者，早为彼辈吸收尽矣。'此语一何沉痛耶！"言已，出素手加煤于炉中。庄湜乘间取书自阅。莲佩加煤既已，遂辞余两人，回身敛裾而去。余语庄湜曰："斯人恭让温良，好女子也。"庄湜愁叹不语。余乃易一新吕宋烟吸之，未及其半，庄湜忽抛书语余曰："此人于英法文学，俱能道其精义。盖从苏格兰处士查理司习声韵之学五年有半，匪但容仪佳也，此人实为我良师，吾深恨相逢太早，致反不愿见之。嗟夫，命也！"庄湜言时，含泪于眶。顷之，谓余曰："君今同我一访灵芳可乎？其兄久无书至，吾正忧之。"余曰："可。"遂同行。至巴子路④，问其婢，始知灵芳母女往昆山⑤已数日，乃怅怅去之。比归别业，则见莲佩迎于苑门之外，探怀出一函，呈庄湜曰："是灵芳姊手笔，告

---

① Ribbon，中译：缎带。
② Make money，英语，挣钱。
③ "Two"句，中译：两元钱总比一元钱好。
④ 巴子路，上海马路名。
⑤ 昆山，江苏省地名，在苏州市东，上海市西。

我云已至昆山，不日返也。"

翌日，天气清明。饭罢，庄湜之婶命余等同游。其别业旧有二车，此日二车均多添一马，成双马车。是日，莲佩易紫罗兰色西服。余等既出，途中行人莫不举首惊望，以莲佩天生丽质，有以惹之也。甫至南京路，日已傍午，余等乃息于春申楼进午餐焉。当余等凭栏俯视之际，余见灵芳于马路中乘车而过，灵芳亦见余等，但庄湜与莲佩并语，未之见，余亦不以告之。餐罢，即往惠罗、汇司诸肆购物，以莲佩所用之物，俱购自西肆者。是日，莲佩倍觉欣欢，乃益增其媚。庄湜即奉承婶氏慈祥颜色，亦不云不乐。余即类星轺①随员，故无所增减于胸中。莲佩复自购泰西银管②四支，赠庄湜一双，赠余一双；观剧之双眼镜二，庄湜一，余一。诸事既毕，即往徐园，而徐家汇，而梁园，而崔圃。游兴既阑，庄湜请于其婶曰："今夕不归别业，可乎？"其婶曰："不归，固无不可，但旅馆太不洁净。"庄湜曰："有西人旅舍曰圣乔治，颇有幽致。如阿婶愿之，吾今夕当请阿婶观泰西歌剧。"其婶即曰："今夕闻歌，是大佳事，但汝须恭请燕小姐为我翻译。"庄湜曰："善。"

向晚，余等遂往博物院剧场。至则泰西仕女云集，盖是夕所演为名剧也。莲佩一一口译之，清朗无异台中人，余实惊叹斯人灵秀所钟。余等已观至两句钟之久，而莲佩犹滔滔不息。忽一乌衣子弟登台，怒视座上人，以凄丽之音言曰："What the world calls Love, I neither know nor want. I know God's love, and that is

---

① 星轺，御使所乘车。此指御使。
② 泰西银管，指西方金属笔。以钢笔、铅笔各一支合成一对。

not weak and mild. That is hard even unto the terror of death; it offers caresses which leave wounds. What did God answer in the olive grove, when the Son lay sweating in agony, and prayed and prayed: 'Let this cup pass from me!' Did he take the cup of pain from his mouth? No, child, he had to drain it to the depth." [①] 莲佩至此，忽停其悬河之口。庄湜之婶问之曰："何以不译？"再问，而莲佩已呆若木鸡。余与庄湜俱知莲佩尔时深为感动。但庄湜之婶以为优人作狎辞，即亦不悦，遂命余等归于旅邸。既归，余始知是日为莲佩生日也。

明日凌晨，莲佩约庄湜共余出行草地中。行久之，莲佩忽以手轻扶庄湜左臂，低首不语，似有倦态，梨涡微泛玫瑰之色。庄湜则面色转白，但仍顺步徐行。比至廊际，余上阶引彼二人至一小客室，谓庄湜曰："晨餐尚有一句半钟，吾侪暂歇于此。子听鸟声乎？似云：'将卒岁也。'"莲佩闻余言，引领外盼，已而语庄湜曰："汝观郊外木叶，半已零坠，飞鸟且绝迹，雪景行将陈于吾人睫畔。"且言且注视庄湜。奈庄湜一若罔闻，拈其表链，玩弄不已。余忽见有旅客手执网球拍，步经客室而去，余亦随之往观，已有二女一男候此人于草地。余观彼四人击网球，技甚精妙，余返身欲呼庄湜、莲佩同观。岂料余至客室，则见庄湜犹痴坐梳花椅上，目注地毡，默不发言；莲佩则偎身于庄湜之右，披发垂于庄湜肩次，哆其唇樱，睫

---

① "What"等句，中译：世人之所谓爱，我既不知道它是什么，也不需要它，我却懂得上帝的爱。这种爱不是软弱而是温柔的，它即使在死亡的恐怖前也是坚强的，它给人们以脱离创痛的爱抚。当圣子在痛苦中淌着汗，一再祈祷："把我这杯传给别人吧！"这时，在橄榄树丛中的上帝是怎样回答的呢？是不是从他的嘴边拿开那杯苦酒呢？不，孩子，他必须把它饮尽。

间颇有泪痕，双手将丝巾叠折卷之，此丝巾已为泪珠湿透。二人各知余至，莲佩心中似谓："吾今作是态者，虽上帝固应默许。吾钟吾爱，无不可示人者。"而庄湜此时心如冰雪。须知对此倾国弗动其怜爱之心者，必非无因，顾莲佩芳心不能谅之，读者或亦有以恕莲佩之处。在庄湜受如许温存腻态，中心亦何尝不碎？第每一思念"上帝汝临，无二尔心"之句，即亦凛然为不可侵犯之男子耳。余问庄湜曰："尊婶睡醒未？"庄湜微曰："吾今往谒阿婶。"遂借端而去。莲佩即起离椅，就镜台中理其发，而后以丝巾净拭其靥。余心中甚为莲佩凄恻，此盖人生至无可如何之事也。

迄余等返江湾，庄湜频频叹唱，复时时细诘侍婢。是夕，余至书斋觅书，乃见庄湜含泪对灯而坐。余即坐其身畔，正欲觅辞慰之，庄湜凄声语余曰："灵芳之玉簪碎矣！"余不觉惊曰："何时碎之？何人碎之？"庄湜曰："吾俱不知，吾归时，即枕下取观始知之。"庄湜言已，呜咽不胜。适其时莲佩亦至，立庄湜之前问曰："君何谓而哭也？或吾有所开罪于君耶？幸相告也。"百问不一答。莲佩固心知其哭也为彼，遂亦即庄湜身畔，掩面而哭。久之，侍婢扶莲佩归卧室。余见庄湜战栗不已，知其病重矣，即劝之安寝。

明晨，余复看庄湜。庄湜见余，如不复识，但注目直视，默不一言。余即时请谒其叔，语以庄湜病症颇危，而稍稍道及灵芳之事，冀有以助庄湜于毫末。其叔怒曰："此人不听吾言，狂悖已甚。烦汝语彼，吾已碎其玉簪矣。此人年少任情，不知'炫女不贞，炫士不信'[1]，古有明训耶？"言已，就案草一方交余曰："据此人病状，乃

---

① "炫女"二句，卖弄风姿的女人不贞洁，自我夸耀的男子不诚实。

肝经受邪之症，用人参、白芍、半夏各三钱，南星、黄连各二钱，陈皮、甘草、白芥子各一钱，水煎服，两三剂则愈。烦为我照料一切。"言时浩叹不置。余接方，嗒然而退，招侍婢往药局配方。侍婢低声语余曰："燕小姐昨夜死于卧室，事甚怪。主母戒勿泄言于公子。"余即问曰："汝亲见燕小姐死状否？"侍婢曰："吾今早始见之，盖以小刃自断其喉部也。"余曰："万勿告公子。汝速去取药。"及余返庄湜卧内，庄湜面发紫色，其唇已白，双目注余面不转。余问："安否？"累问，庄湜都如不闻。余静坐室中待侍婢归。庄湜忽而摇首叹息，一似知莲佩昨夕之事者。然余心料无人语彼，何由知之？忽侍婢归，以药付余。复以一信呈庄湜。庄湜观信既已，即以授余，面色复变而为青。余侧身抚其肩。庄湜此时略下其泪，然甚稀疏。余知此乃灵芳手笔，顾今无暇阅之。更迟半句钟，侍婢将汤药而进。庄湜徐徐服之，然后静卧。余乃乘间披灵芳之信览之。信曰：

湜君足下：

　　病院相晤之后，银河一角，咫尺天涯，每思隆情盛意，即亦点首太息而已。今者我两人情分绝矣！前日趋叩高斋，正君偕莲姑出游时也，蒙令叔出肺腑之言相劝。昔日遗簪，乃妾请于令叔碎之，用践前言者也。今兹玉簪既碎，而吾初心易矣。望君勿恋恋细弱，须一意怜爱莲姑。妾此生所不与君结同心者，有如皦日①。复望君顺承令叔婶之命，以享家庭团圞之乐，则薄

---

① 有如皦日，发誓之辞，意谓有皦日可以做证。语出《诗·王风·大车》："谓予不信，有如皦日。"皦日：明亮的太阳。毛《传》："皦，白也。"

命之人亦堪告慰。嗟乎！但愿订姻缘于再世，尽燕婉①于来生。自兹诀别，夫复何言！

灵芳再拜

余观竟，一叹庄湜一生好事已成逝水，一叹莲佩之不可复作，而灵芳此后情境，余不暇计及之矣。庄湜忽醒而吐，余重复搓其背。庄湜吐已，语余曰："灵芳绝我，我固谅之，盖深知其心也。惜吾此后无缘复见灵芳，然而……"言至此，咽气不复成声。余即扶之而卧，直至晚上，都不作一言。余嘱侍婢好好看视，冀其明日神识清爽，即可仍图欢聚。余遂离其病榻，归寝室。然余是夕已震恐不堪，亦惟有静坐吸烟，连吸十余支，始解衣而睡，出新表视之，不觉一句半钟。余甫合眼，忽闻有人启余寝室之门，望之，则见侍婢持烛仓皇，带泪而启余曰："公子气断矣！"余急起趋至其室，按庄湜之体，冷如冰霜。少间，其叔婶俱至。其叔舍太息之外，无他言。惟其婶垂泪颤声抚庄湜曰："汝真不解事，累我至此田地！"言已复哭。

天明，余亟雇车驰至红桥某当铺，出新表典押，意此表今不送人亦无不可。余既典得四十金，即出，乃遇一女子，其面右腮有红痣如瓜子大。猛忆此女乃灵芳之婢，遂问之曰："灵姑安否？"女含泪不答。余知不佳。时女引余至当铺屋角语余曰："姑娘前夕已自缢，恸哉！今家中无钱部署丧事，故主母命我来此耳。"余闻此语，伤心之处，不啻庄湜亲闻之也。

迟三日，为庄湜出葬之日，来相送者，则其远亲一人，同学一

---

① 燕婉，此指夫妇和好。

人，都不知庄湜以何因缘而殒其天年也。既安葬于众妙山庄，余出厚资给守山者，令其时购鲜花，种于坟前，盖不忍使庄湜复见残英。今兹庄湜、灵芳、莲佩之情缘既了，彼三人者，或一日有相见之期，然而难也。

选自马以君编注、柳无忌校订《苏曼殊文集》

花城出版社 1991 年 8 月初版

## 作家的话 ◈

1916 年秋，曼殊在杭州，肠疾胸痛已愈，时到西湖荡桨垂钓，颇为快活。在当时致杨沧白信中说："湖上佳话正多"，"近学小说家言，得'密发虚鬌、亭亭玉立'，此八字者，扰人神经不浅。"于是他就把这些"佳话"，并穿插这八个字，虚构成这篇小说。

《〈碎簪记〉题记》

## 评论家的话 ◈

余恒觉人间世，凡一事发生，无论善恶，必有其发生之理由。况为数见不鲜之事，其理由必更充足。无论善恶，均不当谓其不应该发生也。食色性也，况夫终身配偶，笃爱之情耶？人类未出黑暗野蛮时代，个人意志之自由，迫压于社会恶习者，又何仅此？而此则其最痛切者，古今中外之说部，多为此而说也。

陈独秀：《〈碎簪记〉后序》

应该说，苏曼殊完成了自己的艺术感觉和独有才情所赋予的艺术使命，也同时较为淋漓尽致地为自己的人生轨迹做出了阐释和说明。他的小说提供了借以进入他情感天地的强有力旁证。苏曼殊的言情小说应该说是较为成功的，他轻灵又沉重地描绘了缠绵幽怨的人之常情，也三笔两画塑造出了三五情怀万种的红男绿女。最终也许苏曼殊能成为言情大师，但他唯独不能在幻想的情场上创造奇迹。这除了他自身的秉性气质和情感履历的限制之外，重要的是他所承袭的那份思想文化没有给他提供对情场进行纵深掘进的思想艺术工具。严格地说，苏曼殊并不缺乏丰富饱满的情感和情感波诡云谲般变化的风起云涌洗礼，但面对整个人性和人情一般，他的情感履历和心路历程便显得有些特别和不易让人理解。更为重要的是他没有也不可能跳出自己情感的小天地取一种"反思"和"鸟瞰"的见识眼光，来对自己的经历进行审美省视，即是说苏曼殊还不具备把情感履历和人生轨迹升华为艺术精品的能力。

张国安：《红尘孤旅——苏曼殊》

# 鲁 迅
## 狂人日记

鲁迅，原名周树人，字豫才，1881 年生于浙江绍兴的官宦人家，少年时代家道中落，饱受世态炎凉。早年读严复译赫胥黎《天演论》，接受进化论思想。1902 年东渡日本留学，在仙台医学专门学校读书时认识到文艺对改造国民精神的重要性，遂弃医从文。1906 年回到东京从事文学活动，积极译介世界弱小民族的文学，并加入革命团体光复会。1909 年回国，后应蔡元培邀请到教育部任职，不久随政府迁到北京，公余边整理古籍，边思考辛亥革命的历史教训。1918 年 5 月在新文化运动高潮中发表第一篇白话小说《狂人日记》，批判封建专制制度及其精神文化，对"人吃人"的现象作了深刻思考。接着又发表《孔乙己》《药》《阿 Q 正传》《祝福》《孤独者》等，几乎每发表一篇作品就开拓一个新的小说叙事空间，后结集成《呐喊》《彷徨》出版；同时期还创作了散文诗集《野草》、散文集《朝花夕拾》

和大量的杂文，为反抗内心的绝望和虚无而进行了痛苦的精神探索，为驱除现实社会形形色色的黑暗势力而展开了不懈的战斗。这期间还整理出版了学术著作《中国小说史略》。1926 年离京南下，任厦门大学文科教授，次年 1 月抵广州任中山大学文科主任兼教务主任。1927 年因抗议国民党屠杀进步学生，愤而辞去一切职务，并在血的教训下彻底抛弃进化论，转向马克思主义。1927 年 10 月起定居上海。曾参加中国左翼作家联盟的发起和领导工作，以杂文为武器，团结起大批追求进步的文学青年，深刻批判了国民党文化专制主义和形形色色的社会腐朽力量，成为中国现代知识分子良知的一面光辉旗帜。晚年所著的杂文集有《而已集》《二心集》《三闲集》等十多种，另有历史小说集《故事新编》，通信集《两地书》等。1936 年因肺疾在上海逝世。有《鲁迅全集》16 卷、《鲁迅译文集》等。

某君昆仲，今隐其名，皆余昔日在中学校时良友；分隔多年，消息渐阙。日前偶闻其一大病；适归故乡，迂道往访，则仅晤一人，言病者其弟也。劳君远道来视，然已早愈，赴某地候补矣。因大笑，出示日记二册，谓可见当日病状，不妨献诸旧友。持归阅一过，知所患盖“迫害狂”之类。语颇错杂无伦次，又多荒唐之言；亦不著月日，惟墨色字体不一，知非一时所书。间亦有略具联络者，今撮录一篇，以供医家研究。记中语误，一字不易；惟人名虽皆村人，不为世间所知，无关大体，然亦悉易去。至于书名，则本人愈后所题，不复改也。七年四月二日识。

一

　　今天晚上，很好的月光。

　　我不见他，已是三十多年；今天见了，精神分外爽快。才知道以前的三十多年，全是发昏；然而须十分小心。不然，那赵家的狗，何以看我两眼呢？

　　我怕得有理。

## 二

今天全没月光，我知道不妙。早上小心出门，赵贵翁的眼色便怪：似乎怕我，似乎想害我。还有七八个人，交头接耳的议论我，又怕我看见。一路上的人，都是如此，其中最凶的一个人，张着嘴，对我笑了一笑；我便从头直冷到脚跟，晓得他们布置，都已妥当了。

我可不怕，仍旧走我的路。前面一伙小孩子，也在那里议论我；眼色也同赵贵翁一样，脸色也都铁青。我想我同小孩子有什么仇，他也这样。忍不住大声说："你告诉我！"他们可就跑了。

我想：我同赵贵翁有什么仇，同路上的人又有什么仇；只有廿年以前，把古久先生的陈年流水簿子，踹了一脚，古久先生很不高兴。赵贵翁虽然不认识他，一定也听到风声，代抱不平；约定路上的人，同我作冤对。但是小孩子呢？那时候，他们还没有出世，何以今天也睁着怪眼睛，似乎怕我，似乎想害我。这真教我怕，教我纳罕而且伤心。

我明白了。这是他们娘老子教的！

## 三

晚上总是睡不着。凡事须得研究，才会明白。

他们——也有给知县打枷过的，也有给绅士掌过嘴的，也有衙役占了他妻子的，也有老子娘被债主逼死的；他们那时候的脸色，全没有昨天这么怕，也没有这么凶。

最奇怪的是昨天街上的那个女人，打他儿子，嘴里说道，"老子呀！我要咬你几口才出气！"他眼睛却看着我。我出了一惊，遮掩不住；那青面獠牙的一伙人，便都哄笑起来。陈老五赶上前，硬把我拖回家中了。

拖我回家，家里的人都装作不认识我；他们的眼色，也全同别人一样。进了书房，便反扣上门，宛然是关了一只鸡鸭。这一件事，越教我猜不出底细。

前几天，狼子村的佃户来告荒，对我大哥说，他们村里的一个大恶人，给大家打死了；几个人便挖出他的心肝来，用油煎炒了吃，可以壮壮胆子。我插了一句嘴，佃户和大哥便都看我几眼。今天才晓得他们的眼光，全同外面的那伙人一模一样。

想起来，我从顶上直冷到脚跟。

他们会吃人，就未必不会吃我。

你看那女人"咬你几口"的话，和一伙青面獠牙人的笑，和前天佃户的话，明明是暗号。我看出他话中全是毒，笑中全是刀，他们的牙齿，全是白厉厉的排着，这就是吃人的家伙。

照我自己想，虽然不是恶人，自从端了古家的簿子，可就难说了。他们似乎别有心思，我全猜不出。况且他们一翻脸，便说人是恶人。我还记得大哥教我做论，无论怎样好人，翻他几句，他便打上几个圈；原谅坏人几句，他便说"翻天妙手，与众不同"。我那里猜得到他们的心思，究竟怎样；况且是要吃的时候。

凡事总须研究，才会明白。古来时常吃人，我也还记得，可是不甚清楚。我翻开历史一查，这历史没有年代，歪歪斜斜的每叶上都写着"仁义道德"几个字。我横竖睡不着，仔细看了半夜，才从字缝里看出字来，满本都写着两个字是"吃人"！

书上写着这许多字，佃户说了这许多话，却都笑吟吟的睁着怪眼睛看我。

我也是人，他们想要吃我了！


# 四


早上，我静坐了一会。陈老五送进饭来，一碗菜，一碗蒸鱼；这鱼的眼睛，白而且硬，张着嘴，同那一伙想吃人的人一样。吃了几筷，滑溜溜的不知是鱼是人，便把他兜肚连肠的吐出。

我说："老五，对大哥说，我闷得慌，想到园里走走。"老五不答应，走了；停一会，可就来开了门。

我也不动，研究他们如何摆布我；知道他们一定不肯放松。果然！我大哥引了一个老头子，慢慢走来；他满眼凶光，怕我看出，只是低头向着地，从眼镜横边暗暗看我。大哥说："今天你仿佛很好。"我说："是的。"大哥说："今天请何先生来，给你诊一诊。"我说："可以！"其实我岂不知道这老头子是刽子手扮的！无非借了看脉这名目，揣一揣肥瘠：因这功劳，也分一片肉吃。我也不怕；虽然不吃人，胆子却比他们还壮。伸出两个拳头，看他如何下手。老头子坐着，闭了眼睛，摸了好一会，呆了好一会；便张开他鬼眼睛说："不要乱想。静静的养几天，就好了。"

不要乱想，静静的养！养肥了，他们是自然可以多吃；我有什么好处，怎么会"好了"？他们这群人，又想吃人，又是鬼鬼祟祟，想法子遮掩，不敢直捷下手，真要令我笑死。我忍不住，便放声大笑起来，十分快活。自己晓得这笑声里面，有的是义勇和正气。老头子和大哥，都失了色，被我这勇气正气镇压住了。

但是我有勇气，他们便越想吃我，沾光一点这勇气。老头子跨出门，走不多远，便低声对大哥说道，"赶紧吃罢！"大哥点点头。原来也有你！这一件大发现，虽似意外，也在意中：合伙吃我的人，便是我的哥哥！

吃人的是我哥哥！

我是吃人的人的兄弟！

我自己被人吃了，可仍然是吃人的人的兄弟！

# 五

这几天是退一步想：假使那老头子不是刽子手扮的，真是医生，也仍然是吃人的人。他们的祖师李时珍做的"本草什么"上，明明写着人肉可以煎吃；他还能说自己不吃人么？

至于我家大哥，也毫不冤枉他。他对我讲书的时候，亲口说过可以"易子而食"；又一回偶然议论起一个不好的人，他便说不但该杀，还当"食肉寝皮"。我那时年纪还小，心跳了好半天。前天狼子村佃户来说吃心肝的事，他也毫不奇怪，不住的点头。可见心思是同从前一样狠。既然可以"易子而食"，便什么都易得，什么人都吃得。我从前单听他讲道理，也糊涂过去；现在晓得他讲道理的时候，不但唇边还抹着人油，而且心里满装着吃人的意思。

## 六

黑漆漆的，不知是日是夜。赵家的狗又叫起来了。狮子似的凶心，兔子的怯弱，狐狸的狡猾，……

## 七

我晓得他们的方法，直捷杀了，是不肯的，而且也不敢，怕有祸祟。所以他们大家联络，布满了罗网，逼我自戕。试看前几天街上男女的样子，和这几天我大哥的作为，便足可悟出八九分了。最好是解下腰带，挂在梁上，自己紧紧勒死；他们没有杀人的罪名，又偿了心愿，自然都欢天喜地的发出一种呜呜咽咽的笑声。否则惊吓忧愁死了，虽则略瘦，也还可以首肯几下。

他们是只会吃死肉的！——记得什么书上说，有一种东西，叫"海乙那"的，眼光和样子都很难看；时常吃死肉，连极大的骨头，都细细嚼烂，咽下肚子去，想起来也教人害怕。"海乙那"是狼的亲眷，狼是狗的本家。前天赵家的狗，看我几眼，可见他也同谋，早已接洽。老头子眼看着地，岂能瞒得我过。

最可怜的是我的大哥，他也是人，何以毫不害怕；而且合伙吃我呢？还是历来惯了，不以为非呢？还是丧了良心，明知故犯呢？

我诅咒吃人的人，先从他起头；要劝转吃人的人，也先从他下手。


# 八


其实这种道理，到了现在，他们也该早已懂得，……

忽然来了一个人；年纪不过二十左右，相貌是不很看得清楚，满面笑容，对了我点头，他的笑也不像真笑。我便问他："吃人的事，对么？"他仍然笑着说："不是荒年，怎么会吃人。"我立刻就晓得，他也是一伙，喜欢吃人的；便自勇气百倍，偏要问他。

"对么？"

"这等事问他什么。你真会……说笑话。……今天天气很好。"

天气是好，月色也很亮了。可是我要问你，"对么？"

他不以为然了，含含糊糊的答道，"不……"

"不对？他们何以竟吃?!"

"没有的事……"

"没有的事？狼子村现吃；还有书上都写着，通红崭新！"

他便变了脸，铁一般青，睁着眼说："有许有的，这是从来如此……"

"从来如此，便对么？"

"我不同你讲这些道理；总之你不该说，你说便是你错！"

我直跳起来，张开眼，这人便不见了。全身出了一大片汗。他的年纪，比我大哥小得远，居然也是一伙；这一定是他娘老子先教的。还怕已经教给他儿子了；所以连小孩子，也都恶狠狠的看我。

# 九

自己想吃人，又怕被别人吃了，都用着疑心极深的眼光，面面相觑。……

去了这心思，放心做事走路吃饭睡觉，何等舒服。这只是一条门槛，一个关头。他们可是父子兄弟夫妇朋友师生仇敌和各不相识的人，都结成一伙，互相劝勉，互相牵掣，死也不肯跨过这一步。

# 十

大清早，去寻我大哥；他立在堂门外看天，我便走到他背后，拦住门，格外沉静，格外和气的对他说：

"大哥，我有话告诉你。"

"你说就是。"他赶紧回过脸来，点点头。

"我只有几句话，可是说不出来。大哥，大约当初野蛮的人，都吃过一点人。后来因为心思不同，有的不吃人了，一味要好，便变了人，变了真的人。有的却还吃，——也同虫子一样，有的变了鱼鸟猴子，一直变到人。有的不要好，至今还是虫子。这吃人的人比不吃人的人，何等惭愧。怕比虫子的惭愧猴子，还差得很远很远。

"易牙蒸了他儿子，给桀纣吃，还是一直从前的事。谁晓得从盘古开辟天地以后，一直吃到易牙的儿子；从易牙的儿子，一直吃到徐锡林；从徐锡林，又一直吃到狼子村捉住的人。去年城里杀了犯人，还有一个生痨病的人，用馒头蘸血舐。

"他们要吃我，你一个人，原也无法可想；然而又何必去入伙。吃人的人，什么事做不出；他们会吃我，也会吃你，一伙里面，也会自吃。但只要转一步，只要立刻改了，也就人人太平。虽然从来如此，我们今天也可以格外要好，说是不能！大哥，我相信你能说，前天佃户要减租，你说过不能。"

当初，他还只是冷笑，随后眼光便凶狠起来，一到说破他们的隐情，那就满脸都变成青色了。大门外立着一伙人，赵贵翁和他的狗，也在里面，都探头探脑的挨进来。有的是看不出面貌，似乎用布蒙着；有的是仍旧青面獠牙，抿着嘴笑。我认识他们是一伙，都是吃人的人。可是也晓得他们心思很不一样，一种是以为从来如此，应该吃的；一种是知道不该吃，可是仍然要吃，又怕别人说破他，所以听了我的话，越发气愤不过，可是抿着嘴冷笑。

这时候，大哥也忽然显出凶相，高声喝道：

"都出去！疯子有什么好看！"

这时候，我又懂得一件他们的巧妙了。他们岂但不肯改，而且早已布置；预备下一个疯子的名目罩上我。将来吃了，不但太平无事，怕还会有人见情。佃户说的大家吃了一个恶人，正是这方法。这是他们的老谱！

陈老五也气愤愤的直走进来。如何按得住我的口，我偏要对这伙人说：

"你们可以改了，从真心改起！要晓得将来容不得吃人的人，活在世上。

"你们要不改，自己也会吃尽。即使生得多，也会给真的人除灭了，同猎人打完狼子一样！——同虫子一样！"

那一伙人，都被陈老五赶走了。大哥也不知那里去了。陈老五劝我回屋子里去。屋里面全是黑沉沉的。横梁和椽子都在头上发抖；抖了一会，就大起来，堆在我身上。

万分沉重，动弹不得；他的意思是要我死。我晓得他的沉重是假的，便挣扎出来，出了一身汗。可是偏要说：

"你们立刻改了，从真心改起！你们要晓得将来是容不得吃人的人，……"

## 十一

太阳也不出，门也不开，日日是两顿饭。

我捏起筷子，便想起我大哥；晓得妹子死掉的缘故，也全在他。那时我妹子才五岁，可爱可怜的样子，还在眼前。母亲哭个不住，他却劝母亲不要哭；大约因为自己吃了，哭起来不免有点过意不去。如果还能过意不去，……

妹子是被大哥吃了，母亲知道没有，我可不得而知。

母亲想也知道；不过哭的时候，却并没有说明，大约也以为应当的了。记得我四五岁时，坐在堂前乘凉，大哥说爷娘生病，做儿子的须割下一片肉来，煮熟了请他吃，才算好人；母亲也没有说不行。一片吃得，整个的自然也吃得。但是那天的哭法，现在想起来，实在还教人伤心，这真是奇极的事！

## 十二

不能想了。

四千年来时时吃人的地方，今天才明白，我也在其中混了多年；大哥正管着家务，妹子恰恰死了，他未必不和在饭菜里，暗暗给我们吃。

我未必无意之中，不吃了我妹子的几片肉，现在也轮到我自己，……

有了四千年吃人履历的我，当初虽然不知道，现在明白，难见真的人！

## 十三

没有吃过人的孩子，或者还有？

救救孩子……

一九一八年四月

选自《鲁迅全集》第 1 卷

人民文学出版社 1981 年版

## 作家的话 ◈

《狂人日记》实为拙作，又有白话诗署"唐俟"者，亦仆所为。前曾言中国根柢全在道教，此说近颇广行。以此读史，有多种问题可以迎刃而解。后以偶阅《通鉴》，乃悟中国人尚是食人民族，因成此篇。此种发现，关系亦甚大，而知者尚寥寥也。

《致许寿裳，1918 年 8 月 20 日》

从一九一八年五月起，《狂人日记》《孔乙己》《药》等，陆续的出现了，算是显示了"文学革命"的实绩，又因那时的认为"表现的深切和格式的特别"，颇激动了一部分青年读者的心。……《狂人日记》意在暴露家族制度和礼教的弊害，却比果戈理的忧愤深广，也不如尼采的超人的渺茫。

《〈中国新文学大系·小说二集〉导言》

## 评论家的话 ◈

这篇作品，我们从开头读下去，立刻就被那跳跃在纸上的这个狂人的深深地被迫害的心理状态和强烈的反抗情绪所捉住。这个狂人，不是真的狂人；然而他是一个真的被迫害者，一个被封建家族制度和礼教迫害到了发狂地步的人；是一个亲身受尽了封建传统的道德伦理的束缚、压迫、损害而感到了恐怖的人；是一个在黑暗社会中受着精神上的苦刑而开始觉醒和反抗的分子。

这个狂人喊出了反对封建势力和否定封建道德、伦理和思想的、极端革命的声音。这个声音是可以代表当时的民主革命者和觉醒了的青年们的声音的。这个声音也反映着数千年在封建统治的压迫之下，奴隶一般地生活着的人民群众的苦痛和正在开始觉醒的声音。

这个狂人，是伟大现实主义者鲁迅所首次创造的一个反封建主义者的成功的艺术形象。这样的反封建主义的人物，在中国文学上是第一次出现，是空前的。在这个人物的身上和在整篇作品中，鲜明地、光辉夺目地反映着空前彻底的民主革命思想和人道主义精神；这种思想和精神是鲁迅的思想和精神，也是"五四"时代的革命思潮和精神。

冯雪峰：《鲁迅的文学道路 论文集·狂人日记》

《狂人日记》的叙述过程包含了深刻的悖论："吃人"世界的反抗者自身也是有了"四千年吃人履历"的"吃人者"，由独自觉醒而产生的"希望"被证明是虚妄的，而"绝望"的证实紧密地联系着主人公"有罪"的自觉，这种"有罪"的自觉又为"反抗绝望"提供了内在的心理基础——赎罪的愿望。"救救孩子！"的呼唤似乎是对希望的呼唤，是对"真的人"的世界的憧憬，但狂人的心理独白恰恰又证明"孩子"也已怀有了"吃人"的心思，就像卡夫卡《判决》中的格奥克遭到的"判决"一样，"你本来是一个天真无邪的孩子，但你本来的本来则是一个恶魔一般的家伙"——对于狂人和"吃人"世界的每一个生存者来说，"本来的本来"使他们无可挽回地成为"罪人"。这种"罪人"的自觉在两个方向上展示其意义，一方面，"罪"的自觉使狂人洞悉了自己的实际处境，并通过反复地占有既往的东西而把握住自己的历史性；狂人由此意识到自己不过是一个无法决定自身的历史性的微不足道的创造物，孤独、焦虑、恐惧的情绪不仅意味着自我意志与世界、与自己的有限性或命运的对立，而且也意味着另一更深层的不安，在这种对立的背后是否隐藏着内在的同一性？这种同一性对狂人的存在理由而言无疑如同釜底抽薪，因为"狂人"之为"狂"人，正在于他与世界的关系的对立和不协调，如果这种对立和不协调（用另一词表达则是"觉醒"）不过是幻影，那么狂人便不再是狂人，而是吃人世界的普通一员——"罪"的历史性引导狂人走出狂人的世界，重新进入"健康人"的世界，如小序所言，"然已早愈，赴某地候补矣"，从而导出了真正的"绝望"主题："觉醒者"的幻灭；另一方面，"罪"的自觉形成了一种无法摆脱的内心需求："赎罪"的愿望，这种愿望伴随着激烈的自我否定，不仅使狂人在自我与吃人传统的关联中感到"不能想了"的恐惧、不安和恶心，而且也使狂人在自己憧憬的"真的人"面前无地自容（"现在明白，难见真的人！"）。这是"置之死地而后生"的绝境。不管实际的处境如何，不管自我有无得救的希望，如果不去反抗"绝望"的现实，"我"便更加罪孽深重——在小说第十二章的自省与第十三章的"救救孩子！"之间，正横亘着一种"罪"的自觉和"赎罪"的内心冲动。

汪晖：《反抗绝望：鲁迅小说的精神特征》

# 陈独秀
## 本志①罪案之答辩书

陈独秀，原名乾生，又名由己，后改名独秀，字仲甫。1879 年生于安徽怀宁。早年留学日本，辛亥革命后任安徽省都督府秘书长。1913 年参加反袁斗争，失败后避居日本。1915 年回到上海，创办《青年杂志》（后改名《新青年》），鼓吹民主与科学，批判封建伦理道德和传统文化。1917 年任北京大学教授和文科学长，团结了胡适、钱玄同、刘半农、鲁迅等人发起新文学运动，使《新青年》成为传播新思想新文化的一面旗帜。他本人则成为新文化运动的思想领袖之一。1920 年在上海组织共产主义小组并发起成立中国共产党国；1921 年在中国共产党第一次全国代表大会上被选为中央局书记。1927 年因共产国际在中国推行的错误路线导致国共两党分裂，第一次国内革命失败后，他作为党内的主要负责人，负有"右倾机会主义路线错误"的主要

---

① 志，指杂志，本志即《新青年》杂志。——编者注

责任，离开中央领导岗位，但继续从事政治活动，转向国际共产主义运动中的托洛茨基派。1932 年被国民党政府逮捕入狱；1937 年出狱后，潜心反思中国革命的道路和经验教训。1942 年病故于四川江津（今属重庆市）。主要著作收入《独秀文存》《陈独秀著作选遍》。

陈独秀一生大义凛然，爱憎分明，如同一尊"被绑的普罗米修斯"的英雄巨像。本文所选的文章，是陈独秀担任《新青年》杂志主编之时，为反驳顽固派对新文化的攻击而作，可见其战斗人格之一斑。

本志经过三年，发行已满三十册；所说的都是极平常的话，社会上却大惊小怪，八面非难，那旧人物是不用说了，就是咶咶叫的青年学生，也把《新青年》看作一种邪说，怪物，离经叛道的异端，非圣无法的叛逆。本志同人，实在是惭愧得很；对于吾国革新的希望，不禁抱了无限悲观。

社会上非难本志的人，约分二种：一是爱护本志的，一是反对本志的。第一种人对于本志的主张，原有几分赞成；惟看见本志上偶然指斥那世界公认的废物，便不必细说理由，措词又未装出绅士的腔调，恐怕本志因此在社会上减了信用。像这种反对，本志同人，是应该感谢他们的好意。

这第二种人对于本志的主张，是根本上立在反对的地位了。他们所非难本志的，无非是破坏孔教，破坏礼法，破坏国粹，破坏贞节，破坏旧伦理（忠孝节），破坏旧艺术（中国戏），破坏旧宗教（鬼神），破坏旧文学，破坏旧政治（特权人治），这几条罪案。

这几条罪案，本社同人当然直认不讳。但是追本溯源，本志同人本来无罪，只因为拥护那德莫克拉西（Democracy）和赛因斯（Science）两位先生，才犯了这几条滔天的大罪。要拥护那德先生，便不得不反对孔教，礼法，贞节，旧伦理，旧政治；要拥护那赛先生，便不得不反对旧艺术，旧宗教；要拥护德先生又要拥护赛先生，便不得不反对国粹和旧文学。大家平心细想，本志除了拥护德赛两先生之外，还有别项罪案没有呢？若是没有，请你们不用专门非难本志，要有气力有胆量来反对德赛两先生，才算是好汉，才算是根本的办法。

　　社会上最反对的，是钱玄同先生废汉文的主张。钱先生是中国文字音韵学的专家，岂不知道语言文字自然进化的道理？（我以为只有这一个理由可以反对钱先生。）他只因为自古以来汉文的书籍，几乎每本每页每行，都带着反对德赛两先生的臭味；又碰着许多老少汉学大家，开口一个国粹，闭口一个古说，不肯声明汉学是德赛两先生天造地设的对头；他愤极了才发出这种激切的议论。像钱先生这种"用石条压驼背"的医法，本志同人多半是不大赞成的。但是社会上有一班人，因此怒骂他，讥笑他，却不肯发表意见和他辩驳，这又是什么道理呢？难道你们能断定汉文是永远没有废去的日子吗？

　　西洋人因为拥护德赛两先生，闹了多少事，流了多少血，德赛两先生才渐渐从黑暗中把他们救出，引到光明世界。我们现在认定只有这两位先生，可以救治中国政治上道德上学术上思想上一切的黑暗。若因为拥护这两位先生，一切政府的压迫，社会的攻击笑骂，就是断头流血，都不推辞。

　　此时正是我们中国用德先生的意思废了君主第八年的开始，所以我要写出本志得罪社会的原由，布告天下。

1919 年 1 月 15 日

选自《新青年》第 6 卷第 1 期

作家的话 ◈

　　吾革命军三大主义：曰，推翻雕琢的阿谀的贵族文学，建设平易的抒情的国民文学；曰，推倒陈腐的铺张的古典文学，建设新鲜的立诚的写实文学;曰,推倒迂晦的艰涩的山林文学,建设明了的通俗的社会文学。

《文学革命论》

## 评论家的话 ◈

在这一（文化）运动已经进行了好几年之后,当然有人想把他的意义确定下来。一九一九年初《新青年》的编辑陈独秀先生便写了一篇文章。在这文章里他倒没有替这运动下个定义;他只是把我们这杂志的"罪案"作了个承诺。在那时以北大为中心的很多保守派或反动派,对这一文学运动批评至多。陈独秀认为"两大罪案"有承认之必要。他说,"第一,我们拥护赛因斯（科学）先生;第二,我们拥护德莫克拉西先生（民治主义）"。因为我们拥护德先生,我们必须反对儒教——反对旧家庭传统、旧的贞操观念、旧的道德和旧的政治。因为我们拥护赛先生,我们一定要提倡新文学、新艺术和新宗教。正因为我们要拥护德、赛二先生,我们只有去反对所谓"国粹主义"。……总而言之,正如尼采所说的,"重新估定一切价值",这句话大概就可包括了我们这个运动的真义。

胡适:《口述自传》

# 郭沫若
## 凤凰涅槃

郭沫若，1892年生于四川乐山，原名郭开贞。1914年初赴日本留学，1918年入九州帝国大学学习医科。1921年出版诗集《女神》，以其豪放的诗风，泛神论的哲学色彩和"动"的精神，给新文学界以巨大的撼动，成为中国新诗奠基作之一。同年与郁达夫、成仿吾、张资平组成创造社。1923年回国。1926年任中山大学文学院院长，同年投身北伐，任国民革命军总政治部副主任。1927年撰写《请看今日之蒋介石》，揭露蒋介石的反动面目，并参加南昌起义，失败后亡命日本，开始致力于中国古代史及甲骨文、金文研究，著有《中国古代社会研究》等多种论著。1937年抗日战争全面爆发后回国，任国民政府军事委员会政治部第三厅厅长、文化工作委员会主任等职，领导文艺界的抗日宣传工作。著有历史剧《屈原》《虎符》等。抗战胜利后在共产党领导下从事民主运动。新中国成立后，历任中央人民政府委员、政务院副总理兼文化教育委员会主任、中国科学院院长兼哲学社会科学部主任、全国人大常委会副委员长及中国文联主席等职。1978年在北京去世。后期著述，多为应付政治和配合任务之作。其一生在诗、历史剧、历史学、考古学等诸多方面留下了卷帙浩繁的著述，编成《郭沫若全集》38卷，分文学、历史、考古三编，20世纪80年代已分别由人民文学出版社、人民出版社和科学出版社陆续出齐。

天方国古有神鸟名"菲尼克司"（Phoenix），满五百岁后，集香木自焚，复从死灰中更生，鲜美异常，不再死。

按此鸟殆即中国所谓凤凰：雄为凤，雌为凰。《孔演图》云："凤凰火精，生丹穴。"《广雅》云："凤凰……雄鸣曰即即，雌鸣曰足足。"

## 序　曲

除夕将近的空中，

飞来飞去的一对凤凰，

唱着哀哀的歌声飞去，

衔着枝枝的香木飞来，

飞来在丹穴山上。


山右有枯槁了的梧桐，

山左有消歇了的醴泉，

山前有浩茫茫的大海，

山后有阴莽莽的平原，

山上是寒风凛冽的冰天。


天色昏黄了，

香木集高了，

凤已飞倦了，

凰已飞倦了，

他们的死期将近了。


凤啄香木，

一星星的火点迸飞。

凰扇火星，

一缕缕的香烟上腾。


凤又啄，

凰又扇，

山上的香烟弥散，

山上的火光弥满。


夜色已深了，

香木已燃了，

凤已啄倦了，

凰已扇倦了，

他们的死期已近了！


啊啊！

哀哀的凤凰！

凤起舞，低昂！

凰唱歌，悲壮！

凤又舞，

凰又唱，

一群的凡鸟，

自天外飞来观葬。


# 凤　歌


即即！即即！即即！

即即！即即！即即！

茫茫的宇宙，冷酷如铁！

茫茫的宇宙，黑暗如漆！

茫茫的宇宙，腥秽如血！


宇宙呀，宇宙，

你为什么存在？

你自从哪儿来？

你坐在哪儿在？

你是个有限大的空球？

你是个无限大的整块？

你若是有限大的空球，

那拥抱着你的空间

他从哪儿来？

你的外边还有些什么存在？

你若是无限大的整块，

这被你拥抱着的空间

他从哪儿来？

你的当中为什么又有生命存在？

你到底还是个有生命的交流？

你到底还是个无生命的机械？


昂头我问天，

天徒矜高，莫有点儿知识。

低头我问地，

地已死了，莫有点儿呼吸。

伸头我问海，

海正扬声而鸣咽。

啊啊！

生在这样个阴秽的世界当中，

便是把金刚石的宝刀也会生锈！

宇宙呀，宇宙，

我要努力地把你诅咒：

你脓血污秽着的屠场呀！

你悲哀充塞着的囚牢呀！

你群鬼叫号着的坟墓呀！

你群魔跳梁着的地狱呀！

你到底为什么存在？

我们飞向西方，

西方同是一座屠场。

我们飞向东方，

东方同是一座囚牢。

我们飞向南方，

南方同是一座坟墓。

我们飞向北方，

北方同是一座地狱。

我们生在这样个世界当中，

只好学着海洋哀哭。


# 凰　歌

足足！足足！足足！

足足！足足！足足！

五百年来的眼泪倾泻如瀑。

五百年来的眼泪淋漓如烛。

流不尽的眼泪，

洗不净的污浊，

浇不熄的情炎，

荡不去的羞辱，

我们这缥缈的浮生

到底要向哪儿安宿？


啊啊！

我们这缥缈的浮生

好像那大海里的孤舟。

左也是溟漫，

右也是溟漫，

前不见灯台，

后不见海岸，

帆已破，

樯已断，

楫已飘流，

柁已腐烂，

倦了的舟子只是在舟中呻唤，

怒了的海涛还是在海中泛滥。


啊啊！

我们这缥缈的浮生

好像这黑夜里的酣梦。

前也是睡眠，

后也是睡眠，

来得如飘风，

去得如轻烟，

来如风，

去如烟，

眠在后，

睡在前，

我们只是这睡眠当中的

一刹那的风烟。


啊啊！

有什么意思？

有什么意思？

痴！痴！痴！

只剩些悲哀，烦恼，寂寥，衰败，

环绕着我们活动着的死尸，

贯串着我们活动着的死尸。


啊啊！

我们年青时候的新鲜哪儿去了？

我们年青时候的甘美哪儿去了？

我们年青时候的光华哪儿去了？

我们年青时候的欢爱哪儿去了？

去了！去了！去了！

一切都已去了，

一切都要去了。

我们也要去了，

你们也要去了，

悲哀呀！烦恼呀！寂寥呀！衰败呀！

## 凤凰同歌

啊啊！

火光熊熊了。

香气蓬蓬了。

时期已到了。

死期已到了。

身外的一切！

身内的一切！

一切的一切！

请了！请了！

## 群鸟歌

**岩　鹰**

哈哈，凤凰！凤凰！

你们枉为这禽中的灵长！

你们死了吗？你们死了吗？

从今后该我为空界的霸王！

**孔　雀**

哈哈，凤凰！凤凰！

你们枉为这禽中的灵长！

你们死了吗？你们死了吗？

从今后请看我花翎上的威光！

**鸱　枭**

哈哈，凤凰！凤凰！

你们枉为这禽中的灵长！

你们死了吗？你们死了吗？

哦！是哪儿来的鼠肉的馨香？

**家　鸽**

哈哈，凤凰！凤凰！

你们枉为这禽中的灵长！

你们死了吗？你们死了吗？

从今后请看我们驯良百姓的安康！

**鹦　鹉**

哈哈，凤凰！凤凰！

你们枉为这禽中的灵长！

你们死了吗？你们死了吗？

从今后请听我们雄辩家的主张！

**白　鹤**

哈哈，凤凰！凤凰！

你们枉为这禽中的灵长！

你们死了吗？你们死了吗？

从今后请看我们高蹈派的徜徉！


## 凤凰更生歌

**鸡　鸣**

　　昕潮涨了，

　　昕潮涨了，

　　死了的光明更生了。


　　春潮涨了，

　　春潮涨了，

　　死了的宇宙更生了。

　　生潮涨了，

　　生潮涨了，

　　死了的凤凰更生了。

**凤凰和鸣**

　　我们更生了。

　　我们更生了。

　　一切的一，更生了。

　　一的一切，更生了。

　　我们便是他，他们便是我。

　　我中也有你，你中也有我。

　　我便是你。

你便是我。

火便是凰。

凤便是火。

翱翔！翱翔！

欢唱！欢唱！


我们光明呀！

我们光明呀！

一切的一，光明呀！

一的一切，光明呀！

光明便是你，光明便是我！

光明便是"他"，光明便是火！

火便是你！

火便是我！

火便是"他"！

火便是火！

翱翔！翱翔！

欢唱！欢唱！


我们新鲜呀！

我们新鲜呀！

一切的一，新鲜呀！

一的一切，新鲜呀！

新鲜便是你，新鲜便是我！

新鲜便是"他"，新鲜便是火！

　　火便是你！

　　火便是我！

　　火便是"他"！

　　火便是火！

　　翱翔！翱翔！

　　欢唱！欢唱！


我们华美呀！

我们华美呀！

一切的一，华美呀！

一的一切，华美呀！

华美便是你，华美便是我！

华美便是"他"，华美便是火！

　　火便是你！

　　火便是我！

　　火便是"他"！

　　火便是火！

　　翱翔！翱翔！

　　欢唱！欢唱！


我们芬芳呀！

我们芬芳呀！

一切的一，芬芳呀！

一的一切，芬芳呀！

芬芳便是你，芬芳便是我！

芬芳便是"他"，芬芳便是火！

　　火便是你！

　　火便是我！

　　火便是"他"！

　　火便是火！

　　翱翔！翱翔！

　　欢唱！欢唱！


我们和谐呀！

我们和谐呀！

一切的一，和谐呀！

一的一切，和谐呀！

和谐便是你，和谐便是我！

和谐便是"他"，和谐便是火！

　　火便是你！

　　火便是我！

　　火便是"他"！

　　火便是火！

　　翱翔！翱翔！

　　欢唱！欢唱！


我们欢乐呀！

我们欢乐呀！

一切的一，欢乐呀！

一的一切，欢乐呀！

欢乐便是你，欢乐便是我！

欢乐便是"他"，欢乐便是火！

　　火便是你！

　　火便是我！

　　火便是"他"！

　　火便是火！

　　翱翔！翱翔！

　　欢唱！欢唱！


我们热诚呀！

我们热诚呀！

一切的一，热诚呀！

一的一切，热诚呀！

热诚便是你，热诚便是我！

热诚便是"他"，热诚便是火！

　　火便是你！

　　火便是我！

　　火便是"他"！

　　火便是火！

　　翱翔！翱翔！

　　欢唱！欢唱！

我们雄浑呀！

我们雄浑呀！

一切的一，雄浑呀！

一的一切，雄浑呀！

雄浑便是你，雄浑便是我！

雄浑便是"他"，雄浑便是火！

火便是你！

火便是我！

火便是"他"！

火便是火！

翱翔！翱翔！

欢唱！欢唱！


我们生动呀！

我们生动呀！

一切的一，生动呀！

一的一切，生动呀！

生动便是你，生动便是我！

生动便是"他"，生动便是火！

火便是你！

火便是我！

火便是"他"！

火便是火！

翱翔！翱翔！

欢唱！欢唱！

我们自由呀！
我们自由呀！
一切的一，自由呀！
一的一切，自由呀！
自由便是你，自由便是我！
自由便是"他"，自由便是火！
　　火便是你！
　　火便是我！
　　火便是"他"！
　　火便是火！
　　翱翔！翱翔！
　　欢唱！欢唱！

我们恍惚呀！
我们恍惚呀！
一切的一，恍惚呀！
一的一切，恍惚呀！
恍惚便是你，恍惚便是我！
恍惚便是"他"，恍惚便是火！
　　火便是你！
　　火便是我！
　　火便是"他"！

火便是火！

翔翔！翔翔！

欢唱！欢唱！


我们神秘呀！

我们神秘呀！

一切的一，神秘呀！

一的一切，神秘呀！

神秘便是你，神秘便是我！

神秘便是"他"，神秘便是火！

火便是你！

火便是我！

火便是"他"！

火便是火！

翔翔！翔翔！

欢唱！欢唱！


我们悠久呀！

我们悠久呀！

一切的一，悠久呀！

一的一切，悠久呀！

悠久便是你，悠久便是我！

悠久便是"他"，悠久便是火！

火便是你！

火便是我！

火便是"他"！

火便是火！

翱翔！翱翔！

欢唱！欢唱！


我们欢唱！

我们欢唱！

一切的一，常在欢唱！

一的一切，常在欢唱！

是你在欢唱？是我在欢唱？

是"他"在欢唱？是火在欢唱？

欢唱在欢唱！

只有欢唱！

只有欢唱！

只有欢唱！

欢唱！

欢唱！

欢唱！

1920 年 1 月 20 日初稿

选自 1920 年 1 月 30 日、31 日

上海《时事新报·学灯》

## 作家的话 ◈

　　我想我们的诗只要是我们心中的诗意诗境底纯真的表现，命泉中流出来的 Strain，心琴上弹出来的 Melody，生底颤动，灵底喊叫；那便是真诗，好诗，便是我们人类底欢乐底源泉，陶醉底美酿，慰安底天国。

1920 年 1 月 18 日致宗白华

　　只是我自己对于诗的直感，总觉得以"自然流露"的为上乘，若是出以"矫揉造作"，只不过是些园艺盆栽，只好供诸富贵人赏玩了。

1920 年 2 月 16 日致宗白华

## 评论家的话 ◈

　　若讲新诗，郭沫若君的诗才配称新呢，不独艺术上他的作品与旧诗词相去最远，最要紧的是他的精神完全是时代的精神——二十世纪底时代的精神。有人讲文艺作品是时代底产儿，《女神》真不愧为时代底一个肖子。

　　只有现在的中国青年——"五四"后之中国青年，他们的烦恼悲哀真像火一样烧着，潮一样涌着，他们觉得这"冷酷如铁""黑暗如漆""腥秽如血"的宇宙真一秒钟也羁留不得了。他们厌恶这世界，也厌恶他们自己。于是急躁者归于自杀，忍耐者力图革新。革新者又觉得意志总敌不住冲动，则抖擞起来，又跌倒下去了。但是他们太溺爱生活了，爱他的甜处，也爱他的辣处。他们决不肯脱逃，也不肯降服。他们的心里只塞满了叫不出的苦，喊不尽的哀。他们的心快塞破了，忽地一个人用海涛底音调，雷霆底声响替他们全盘唱出来了。这个人便是郭沫若，他所唱的就是《女神》。……凤凰底涅槃是一切青年底涅槃。

闻一多：《〈女神〉之时代精神》

　　我前面提到《女神》之薄于地方色彩底原因是在其作者所居的环境。但环境从来没有对于艺术产品之性质负过完全责任，因为单是环境不能产生艺术。所以我想日本底环境固应对《女神》的内容负一份责任，但此外定还有别的关系。这个关系我疑心或者就是《女神》之作者对于中国文化之隔膜。我们前篇已经看到《女神》怎样富于近代精神。近代精神——即西方文化——不幸得很，是同我国的文化根本背道而驰的；所以一个人醉心于前者定不能对于后者有十分的同情与了解。

闻一多：《〈女神〉之地方色彩》

　　他沉默的努力，永不放弃那英雄主义者的雄强自信，他看准了时代的变，知道这变中怎么样可以把自己放在时代前面，他就这样做。他在那不拒新的时代一点上，与在较先一时代中称为我们青年人做了许多事情的梁任公先生很有相近的地方，都是"吸收新思潮而不伤食"的一个人。可佩服处也就只是这一点。

沈从文：《论郭沫若》

　　他的诗有两样新东西，都是我们传统里没有的——不但诗里没有——泛神论，与二十世纪的动的和反抗的精神。中国缺乏冥想诗。诗人虽然多是人本主义者，却没有去摸索人生根本问题的。而对于自然，起初是不懂得理会；渐渐懂得了，又只是观山玩水，写入诗只当背景用。看自然作神，作朋友，郭氏诗是第一回。至于动的和反抗的精神，在静的忍耐的文明里，不用说，更是没有过的。

朱自清：《〈中国新文学大系·诗集〉导言》

# 许地山
## 命命鸟

　　许地山，1893 年生于台湾台南，曾留学哥伦比亚大学、牛津大学研习宗教，1926 年归国后先后任教于燕京大学、北京大学、清华大学，1936 年起任香港大学中文学院主任教授，1941 年 8 月 4 日病逝。许地山是文学研究会的发起人之一，他的创作在新文学中别具特色，主要有小说集《缀网劳蛛》《危巢坠简》，散文集《空山灵雨》等，学术著作有《印度文学》《达衷集》《道教史》（上册）、《佛藏子目引得》等，可惜早逝，创作与学术研究都未尽其才。

敏明坐在席上，手里拿着一本《八大人觉经》，流水似的念着。她底席在东边的窗下，早晨底日光射在她脸上，照得她底身体全然变成黄金的颜色。她不理会日光晒着她，却不歇地抬头去瞧壁上底时计，好像等什么人来似的。

那所屋子是佛教青年会底法轮学校。地上满铺了日本花席，八九张矮小的几子横在两边的窗下。壁上挂的都是释迦应化的事迹，当中悬着一个卐字徽章和一个时计。一进门就知那是佛教底经堂。

敏明那天来得早一点，所以屋里还没有人。她把各样功课念过几遍，瞧壁上底时计正指着六点一刻。她用手挡住眉头，望着窗外低声地说："这时候还不来上学，莫不是还没有起床？"

敏明所等的是一位男同学加陵。他们是七八年的老同学，年纪也是一般大。他们底感情非常的好，就是新来的同学也可以瞧得出来。

"铿铛……铿铛……"一辆电车循着铁轨从北而来，驶到学校门口停了一会。一个十五六岁的美男子从车上跳下来。他底头上包着一条苹果绿的丝巾；上身穿着一件雪白的短褂；下身围着一条紫色的丝裙；脚下踏着一双芒鞋，俨然是一位缅甸底世家子弟。这男子走进院里，脚下底芒鞋拖得啪嗒啪嗒地响。那声音传到屋里，好像告诉敏明说："加陵来了！"

敏明早已瞧见他，等他走近窗下，就含笑对他说："哼哼，加陵！请你的早安。你来得算早，现在才六点一刻咧。"加陵回答说：

"你不要讥诮我，我还以为我是第一早的。"他一面说一面把芒鞋脱掉，放在门边，赤着脚走到敏明跟前坐下。

加陵说："昨晚上父亲给我说了好些故事，到十二点才让我去睡，所以早晨起得晚一点。你约我早来，到底有什么事？"敏明说："我要向你辞行。"加陵一听这话，眼睛立刻瞪起来，显出很惊讶的模样，说："什么？你要往那里去？"敏明红着眼眶回答说："我底父亲说我年纪大了，书也念够了；过几天可以跟着他专心当戏子去，不必再像从前念几天唱几天那么劳碌。我现在就要退学，后天将要跟他上普朗去。"加陵说："你愿意跟他去吗？"敏明回答说："我为什么不愿意？我家以演剧为职业是你所知道的。我父亲虽是一个很有名、很能赚钱的俳优，但这几年间他底身体渐渐软弱起来，手足有点不灵活，所以他愿意我和他一块儿排演。我在这事上很有长处，也乐得顺从他底命令。"加陵说："那么，我对于你底意思就没有挽回的余地了。"敏明说："请你不必为这事纳闷。我们底离别必不能长久的。仰光是一所大城，我父亲和我必要常在这里演戏。有时到乡村去，也不过三两个星期就回来。这次到普朗去，也是要在那里耽搁八九天。请你放心。……"

加陵听得出神，不提防外边早有五六个孩子进来，有一个顽皮的孩子跑到他们底跟前说："请'玫瑰'和'蜜蜂'的早安。"他又笑着对敏明说："'玫瑰'花里底甘露流出来咧。"——他瞧见敏明脸上有一点泪痕，所以这样说。西边一个孩子接着说："对呀！怪不得'蜜蜂'舍不得离开她。"加陵起身要追那孩子，被敏明拦住。她说："别和他们胡闹。我们还是说我们的罢。"加陵坐下，敏明就接着说："我想你不久也得转入高等学校，盼望你在念书的时候要忘了我，在休息的时候要记念我。"加陵说："我决不会把你忘了。你若是过十天不回来，或者我会到普朗去找你。"敏明说："不必如此。我过几天准能回来。"

说的时候，一位三十多岁的教师由南边的门进来。孩子们都起立向他行礼。教师蹲在席上，回头向加陵说："加陵，昙摩蜱和尚叫你早晨和他出去乞食。现在六点半了，你快去罢。"加陵听了这话，立刻走到门边，把芒鞋放在屋角的架上，随手拿了一把油伞就要出门。教师对他说："九点钟就得回来。"加陵答应一声就去了。

加陵回来，敏明已经不在她底席上。加陵心里很是难过，脸上却不露出什么不安的颜色。他坐在席上，仍然念他底书。晌午的时候，那位教师说："加陵，早晨你走得累了，下午给你半天假。"加陵一面谢过教师，一面检点他底文具，慢慢地走回家去。

加陵回到家里，他父亲婆多瓦底正在屋里嚼槟榔。一见加陵进来，忙把沫红唾出，问道："下午放假么？"加陵说："不是。是先生给我底假。因为早晨我跟昙摩蜱和尚出去乞食，先生说我太累，所以给我半天假。"他父亲说："哦，昙摩蜱在道上曾告诉你什么事情没有？"加陵答道："他告诉我说：我底毕业期间快到了，他愿意我跟他当和尚去。他又说：这意思已经向父亲提过了。父亲啊，他实在向你提过这话么？"婆多瓦底说："不错，他曾向我提过。我也很愿意你跟他去。不知道你怎样打算？"加陵说："我现时有点不愿意。再过十五六年，或者能够从他。我想再入高等学校念书，盼望在其中可以得着一点西洋底学问。"他父亲诧异说："西洋底学问！啊！我底儿，你想差了。西洋底学问不是好东西，是毒药哟。你若是有了那种学问，你就要藐视佛法了。你试瞧瞧在这里的西洋人，多半是干些杀人的勾当，做些损人利己的买卖，和开些诽谤佛法的学校。什么圣保罗因斯提丢啦，圣约翰海斯苦尔啦，没有一间不是诽谤佛法的。我说你要求西洋底学问会发生危险就在这里。"加陵说："诽谤与否，在乎自己，并不在乎外人底煽惑。若是父亲许我入圣约翰海斯苦尔，我准保能持守得住，不会受他们底诱惑。"婆多瓦底说："我是很爱你底，你要做的事情，若是没有什么妨害，我一定允许你。要记得昨晚上我和你说的话。我一想起当日你叔叔和你底白象主（缅甸王尊号）提婆底事，就不由得我不恨西洋人。我最沉痛的是他们在蛮得勒将白象主掳去，又在瑞大光塔设驻防营。瑞大光塔是我们底圣地，他们竟然叫些行凶的人在那里住，岂不是把我们底戒律打破了吗？……我盼望你不要入他们底学校，还是清清净净去当沙门。一则可以为白象主忏悔；二则可以为你底父母积福；三则为你将来往生极乐的预备。出家能得这几样好处，总比西洋底学问强得多。"加陵说："出家修行，我也很愿意。但无论如何，现在决不能办。不如一面入学，一面跟着昙摩蜱学些经典。"婆多瓦底知道劝不过来，就说："你既是决意要入别的学校，我也无可奈何。我很喜欢你跟昙摩蜱学习经典。你毕业后就转入仰光高等学校罢，那学校对于缅甸底风俗比较保存一点。"加陵说："那么，我明天就去告诉昙摩蜱和法轮学校底教师。"婆多瓦底说："也好。今天的天气很清爽，下午你又没有功课，不如在午饭后一块儿到湖里逛逛。你就叫他们开饭罢。"婆多瓦底说完就进卧房换衣服去了。

原来加陵住的地方离绿绮湖不远。绿绮湖是仰光第一大、第一好的公园。缅甸人叫他作干多支；"绿绮"的名字是英国人替他起的。湖边满是热带植物。那些树木底颜色、形态，都是很美丽、很奇异。湖西远远望见瑞大光，那塔底金色光衬着湖边的椰树、蒲葵，直像王后站在水边，后面有几个宫女持着羽葆随着她一样。此外好的景致，随处都是。不论什么人，一到那里，心中的忧郁立刻消灭。加陵那天和父亲到那里去，能得许多愉快是不消说的。

　　过了三个月，加陵已经入了仰光高等学校。他在学校里常常思念他最爱的朋友敏明。但敏明自从那天早晨一别，老是没有消息。有一天，加陵回家，一进门仆人就递封信给他。拆开看时，却是敏明底信。加陵才知道敏明早已回来，他等不得见父亲的面，翻身出门，直向敏明家里奔来。

　　敏明底家还是住在高加因路，那地方是加陵所常到的。女仆玛弥见他推门进来，忙上前迎他说："加陵君，许久不见啊！我们姑娘前天才回来的。你来得正好，待我进去告诉她。"她说完这话就速速进里边去，大声嚷道："敏明姑娘，加陵君来找你呢。快下来罢。"加陵在后面慢慢地走，待要踏入厅门，敏明已迎出来。

　　敏明含笑对加陵说："谁教你来的呢？这三个月不见你底信，大概因为功课忙罢。"加陵说："不错，我已经入了高等学校，每天下午还要到昙摩蜱那里。……唉，好朋友，我就是有工夫，也不能写信给你。因为我抓起笔来，就没了主意，不晓得要写什么才能叫你觉得我底心常常有你在里头。我想你这几个月没有信给我，也许是和我一样地犯了这种毛病。"敏明说："你猜的不错。你许久不到我屋里了，现在请你和我上去坐一会。"敏明把手搭在加陵的肩胛上，一面吩咐玛弥预备槟榔、淡巴菰和些少细点，一面携着加陵上楼。

　　敏明底卧室在楼西。加陵进去，瞧见里面的陈设还是和从前差不多。楼板上铺的是土耳其绒毡。窗上垂着两幅很细致的帷子。她底夌具就放在窗边。外头悬着几盆风兰。瑞大光底金光远远地从那里射来。靠北是卧榻，离地约一尺高，上面用上等的丝织物盖住。壁上悬着一幅提婆和率裴雅洛观剧的画片。还有好些绣垫散布在地上。加陵拿一个垫子到窗边，刚要坐下，那女仆已经把各样吃的东西捧上来。"你嚼槟榔啵。"敏明说完这话，随手送了一个槟榔到加陵嘴里，然后靠着她底镜台坐下。

　　加陵嚼过槟榔，就对敏明说："你这次回来，技艺必定很长进；何不把你最得意的艺术演奏起来，我好领教一下？"敏明笑说："哦，你是要瞧我演戏来的。我死也不演给你瞧。"加陵说："有什么妨碍呢？你还怕我笑你不成？快演罢，完了咱们再谈心。"敏明说："这几天我父亲刚刚教我一套雀翎舞，打算在涅槃节期到比古演奏，现在先演你瞧罢。我先舞一次，等你瞧熟了，再奏乐和我。这舞蹈的谱可以借用'达撒罗撒'，歌调借用'恩斯民'。这两支谱，你都会吗？"加陵忙答应说："都会，都会。"

　　加陵擅于奏"巴打拉"（一种竹制的乐器，详见《大清会典图》），他一听见敏明叫他奏乐，就立刻叫玛弥把那种乐器搬来。等到敏明舞过一次，他就跟着奏起来。

　　敏明两手拿住两把孔雀翎，舞得非常的娴熟。加陵所奏的巴打拉也还跟得上，舞过一会，加陵就奏起"恩斯民"的曲调；只听敏明唱道：

　　　　孔雀！孔雀！你不必赞我生得俊美，
　　　　我也不必嫌你长得丑劣。
　　　　咱们是同一个身心，

同一副手脚。

我和你永远同在一个身里住着。

我就是你啊，你就是我。

别人把咱们底身体分作两个，

是他们把自己底指头压在眼上，

所以会生出这样的错。

你不要像他们这样的眼光。

要知道我就是你啊，你就是我。


敏明唱完，又舞了一会。加陵说："我今天才知道你底技艺精到这个地步。你所唱的也是很好。且把这歌曲的故事说给我听。"敏明说："这曲倒没有什么故事，不过是平常的恋歌，你能把里头的意思听出来就够了。"加陵说："那么，你这支曲是为我唱的。我也很愿意对你说：我就是你，你就是我。"

他们二人底感情几年来就渐渐浓厚。这次见面的时候，又受了那么好的感触，所以彼此底心里都承认他们求婚底机会已经成熟。

敏明愿意再帮父亲二三年才嫁，可是她没有向加陵说明。加陵起先以为敏明是一个很信佛法的女子，怕她后来要到尼庵去实行她底独身主义，所以不敢动求婚底念头。现在瞧出她底心志不在那里，他就决意回去要求婆多瓦底底同意，把她娶过来。照缅甸底风俗，子女底婚嫁本没有要求父母同意底必要。加陵很尊重他父亲底意见，所以要履行这种手续。

他们谈了半晌工夫，敏明底父亲宋志从外面进来，抬头瞧见加陵坐在窗边，就说："加陵君，别后平安啊！"加陵忙回答他，转过身来对敏明说："你父亲回来了。"敏明待下去，她父亲已经登楼。他们三人坐过一会，谈了几句客套，加陵就起身告辞。敏明说："你来的时间不短，也该回去了。你且等一等，我把这些舞具收拾清楚，再陪你在街上走几步。"

宋志眼瞧着他们出门，正要到自己屋里歇一歇。恰好玛弥上楼来收拾东西，宋志就对她说："你把那盘槟榔送到我屋里去罢。"玛弥说："这是他们剩下的，已经残了。我再给你拿些新鲜的来。"

玛弥把槟榔送到宋志屋里，见他躺在席上，好像想什么事情似的。宋志一见玛弥进来，就起身对她说："我瞧他们两人实在好得太厉害，若是敏明跟了他，我必要吃亏。你有什么好方法教他们二人底爱情冷淡没有？"玛弥说："我又不是蛊师，哪有好方法离间他们？我想主人你也不必想什么方法，敏明姑娘必不至于嫁他。因为他们一个是属蛇，一个是属鼠的（缅甸底生肖是算日的。礼拜四生的属鼠，礼拜六生的属蛇），就算我们肯将姑娘嫁给他，他底父亲也不愿意。"宋志说："你说的虽然有理，但现在生肖相克的话，好些人都不注重了。倒不如请一位蛊师来，请他在二人身上施一点法术更为得计。"

印度支那间有一种人叫作蛊师，专用符咒替人家制造命运。有时叫没有爱情的男女，忽然发生爱情；有时将如胶似漆的夫妇化为仇敌。操这种职业的人，以暹罗底僧侣最多，且最受人信仰。缅甸人操这种事业的也不少。宋志因为玛弥底话提醒他，第二天早晨他就出门找蛊师去了。

晌午的时候，宋志和蛊师沙龙回来。他让沙龙进自己底卧房。玛弥一见沙龙进来，木鸡似的站在一边。她想到昨天在无意之中说出蛊师，引起宋志今天的实行，实在对不起她底姑娘。她想到这里，就一直上楼去告诉敏明。

敏明正在屋里念书，听见这消息，急和玛弥下来，蹑步到屏后，倾耳听他们底谈话。只听沙龙说："这事很容易办。你可以将她常用的贴身东西拿一两件来，我在那上头画些符、念些咒，然后给回她用，过几天就见功效。"宋志说："恰好这里有她一条常用的领巾，是她昨天回来的时候忘记带上去的。这东西可用吗？"沙龙说："可以的，但是能够得着……"

敏明听到这里已忍不住，一直走进去向父亲说："阿爸，你何必摆弄我呢？我不是你底女儿吗？我和加陵没有什么意，请你放心。"宋志蓦地里瞧见他女儿进来，简直不知道要用什么话对付她。沙龙也停了半晌才说："姑娘，我们不是谈你底事。请你放心。"敏明斥他说："狡猾底人，你的计我已知道了。你快去办你底事罢。"宋志说："我底儿，你今天疯了吗？你且坐下，我慢慢给你说。"

敏明那里肯依父亲底话，她一味和沙龙吵闹，弄得她父亲和沙龙很没趣。不久沙龙垂着头走出来；宋志满面怒容蹲在床上吸烟；敏明也愤愤地上楼去了。

敏明那一晚上没有下来和父亲用饭。她想父亲终久会用蛊术离间他们，不由得心里难过。她躺在床上翻来覆去，绣枕早已被她底眼泪湿透了。

第二天早晨，她到镜台梳洗，从镜里瞧见她满面都是鲜红色——因为绣枕褪色，印在她底脸上——不觉笑起来。她把脸上那些印迹洗掉的时候，玛弥已捧一束鲜花、一杯咖啡上来。敏明把花放在一边，一手倚着窗棂，一手拿住茶杯向窗外出神。

她定神瞧着围绕瑞大光的彩云，不理会那塔底金光向她底眼睑射来，她精神因此就十分疲乏。她心里的感想和目前的光融洽，精神上现出催眠底状态。她自己觉得在瑞大光塔顶站着，听见底下的护塔铃叮叮当当地响。她又瞧见上面那些王侯所献底宝石，个个都发出很美丽的光明。她心里喜欢得很，不歇用手去摩弄，无意中把一颗大红宝石摩掉了。她忙要俯身去捡时，那宝石已经掉在地上。她定神瞧着那空儿，要求那宝石掉下底原故，不觉有一种更美丽的宝光从那里射出来。她心里觉得很奇怪，用手扶着金壁，低下头来要瞧瞧那空儿里头底光景。不提防那壁被她一推，渐渐向后，原来是一扇宝石底门。

　　那门被敏明推开之后，里面的光直射到她身上。她站在外边，望里一瞧，觉得里头的山水、树木，都是她平生所不曾见过的。她在不知不觉中，已经向前走了几十步。耳边恍惚听见有人对她说：“好啊！你回来啦。”敏明回头一看，觉得那人很熟悉，只是一时不能记出他底名字。她听见“回来”这两字，心里很是纳闷，就向那人说：“我不住在这里，为何说我回来？你是谁？我好像在那里与你会过似的。这是什么地方？”那人笑说：“哈哈！去了这些日子，连自己家乡和平日间往来的朋友也忘了。肉体底障碍真是大哟。”敏明听了这话，简直莫名其妙。又问他说：“我是谁？有那么好福气住在这里。我真是在这里住过吗？”那人回答说：“你是谁？你自己知道。若是说你不曾住过这里，我就领你到处逛一逛，瞧你认得不认得。”

　　敏明听见那人要领她到处去逛逛，就忙忙答应。但所见底东西，敏明一点也记不清楚，总觉得样样都是新鲜的。那人瞧见敏明那么迷糊，就对她说：“你既然记不清，待我一件一件告诉你。”

敏明和那人走过一座碧玉牌楼。两边底树罗列成行，开着很好看的花。红的、白的、紫的、黄的，各色都备。树上有些鸟声，唱得很好听。走路时，有些微风慢慢吹来，吹得各色的花瓣纷纷掉下：有些落在人底身上，有些落在地上；有些还在空中飞来飞去。敏明底头上和肩膀上也被花瓣贴满，遍体熏得很香。那人说："这些花木都是你底老朋友，你常和他们往来。他们的花是长年开放底。"敏明说："这真是好地方，只是我总记不起来。"

　　走不多远，忽然听见很好的乐音。敏明说："谁在那边奏乐？"那人回答说："那里有人奏乐，这里的声音都是发于自然的。你所听的是前面流水的声音。我们再走几步就可以瞧见。"进前几步果然有些泉水穿林而流。水面浮着奇异的花草，还有好些水鸟在那里游泳。敏明只认得些荷花、鹨鹋，其余都不认得。那人很不惮烦，把各样的东西都告诉她。

　　他们二人走过一道桥，迎面立着一片琉璃墙。敏明说："这墙真好看，是谁在里面住？"那人说："这里头是乔答摩宣讲法要底道场。现时正在演说，好些人物都在那里聆听法音。转过这个墙角就是正门。到底时候，我领你进去听一听。"敏明贪恋外面的风景，不愿意进去。她说："咱们逛会儿才进去罢。"那人说："你只会听粗陋的声音，看简略的颜色和闻污劣的香味，那更好的、更微妙的，你就不理会了。……好，我再和你走走，瞧你了悟不了悟。"

　　二人走到墙底尽头，还是穿入树林。他们踏着落花一直进前；树上底鸟声，叫得更好听。敏明抬起头来，忽然瞧见南边的树枝上有一对很美丽的鸟呆立在那里，丝毫的声音也不从他们底嘴里发出。敏明指着问那人说："只只鸟儿都出声吟唱，为什么那对鸟儿不出声音呢？那是什么鸟？"那人说："那是命命鸟。为什么不唱？我可不知道。"

敏明听见"命命鸟"三字，心里似乎有点觉悟。她注神瞧着那鸟，猛然对那人说："那可不是我和我底好朋友加陵么？为何我们都站在那里？"那人说："是不是，你自己觉得。"敏明抢前几步，看来还是一对呆鸟。她说："还是一对鸟儿在那里；也许是我底眼花了。"

他们绕了几个弯，当前现出一节小溪把两边的树林隔开。对岸的花草，似乎比这边更新奇。树上底花瓣也是常常掉下来。树下有许多男女：有些躺着底，有些站着底，有些坐着底。各人在那里说说笑笑，都现出很亲密的样子。敏明说："那边的花瓣落得更妙，人也多一点，我们一同过去逛逛罢。"那人说："对岸可不能去。那落底叫作情尘；若是望人身上落得多了就不好。"敏明说："我不怕。你领我过去逛逛罢。"那人见敏明一定要过去，就对她说："你必要过那边去，我可不能陪你了。你可以自己找一道桥过去。"他说完这话就不见了。敏明回头瞧见那人不在，自己循着水边，打算找一道桥过去。但找来找去总找不着，只得站在这边瞧过去。

她瞧见那些花瓣越落越多，那班男女几乎被葬在底下。有一个男子坐在对岸底水边，身上也是满了落花。一个紫衣底女子走到他跟前说："我很爱你。你是我底命。我们是命命鸟。除你以外，我没有爱过别人。"那男子回答说："我对于你底爱情也是如此。我除了你以外不曾爱过别的女人。"紫衣女子听了，向他微笑，就离开他。走不多远，又遇着一位男子站在树下，她又向那男子说："我很爱你。你是我底命。我们是命命鸟，除你以外，我没有爱过别人。"那男子也回答说："我对于你底爱情也是如此。我除了你以外不曾爱过别的女人。"

敏明瞧见这个光景，心里因此发生了许多问题，就是：那紫衣女子为什么当面撒谎，和那两位男子底回答为什么不约而同？她回头瞧那坐在水边底男子还在那里。又有一个穿红衣底女子走到他面前，还是对他说紫衣女子所说底话。那男子底回答和从前一样，一个字也不改。敏明再瞧那紫衣女子，还是挨着次序向各个男子说话。她走远了，话语底内容虽然听不见，但她底形容老没有改变。各个男子对她也是显出同样的表情。

敏明瞧见各个女子对于各个男子所说底话都是一样，各个男子底回答也是一字不改，心里正在疑惑，忽然来了一阵狂风把对岸底花瓣刮得干干净净，那班男女立刻变成很凶恶的容貌，互相啮食起来。敏明瞧见这个光景，吓得冷汗直流。她忍不住就大声喝道："嗳呀！你们底感情真是反复无常。"

敏明手里那杯咖啡被这一喝，全都泻在她底裙上。楼下底玛弥听见楼上底喝声，也赶上来。玛弥瞧见敏明周身冷汗，扑在镜台上头，忙上前把她扶起，问道："姑娘你怎样啦？烫着了没有？"敏明醒来，不便对玛弥细说，胡乱答应几句就打发她下去。

敏明细想刚才的异象，抬头再瞧窗外底瑞大光，觉得那塔还是被彩云绕住，越显得十分美丽。她立起来，换过一条绛色的裙子，就坐在她底卧榻上头。她想起在树林里忽然瞧见命命鸟变作她和加陵那回事情，心中好像觉悟他们两个是这边的命命鸟，和对岸自称为命命鸟底不同。她自己笑着说："好在你不在那边，幸亏我不能过去。"

她自经过这一场恐慌，精神上遂起了莫大的变化。对于婚姻另有一番见解，对于加陵底态度更是不像从前。加陵一点也觉不出来，只猜她是不舒服。

自从敏明回来，加陵没有一天不来找她。近日觉得敏明底精神异常，以为自己没有向她求婚，所以不高兴。加陵觉得他自己有好些难解决的问题，不能不对敏明说。第一，是他父亲愿意他去当和尚；第二，纵使准他娶妻，敏明底生肖和他不对，顽固的父亲未必承认。现在瞧见敏明这样，不由得不把衷情吐露出来。

加陵一天早晨来到敏明家里，瞧见她底态度越发冷静，就安慰她说："好朋友，你不必忧心，日子还长呢。我在咱们底事情上头已经有了打算。父亲若是不肯，咱们最终的办法就是'照例逃走'。你这两天是不是为这事生气呢？"敏明说："这倒不值得生气。不过这几晚睡得迟，精神有一点疲倦罢了。"

加陵以为敏明底话是真，就把前日向父亲要求底情形说给她听。他说："好朋友，你瞧我底父亲多么固执。他一意要我去当和尚，我前天向他说些咱们底事，他还要请人来给我说法，你说好笑不好笑？"敏明说："说什么法？"加陵说："那天晚上，父亲把昙摩蜱请来。我以为有别的事要和他商量，谁知他叫我到跟前教训一顿。你猜他对我讲什么经呢？好些话我都忘记了。内中有一段是很有趣，很容易记底。我且念给你听：

　　佛问摩邓曰：'女爱阿难何似？'女言：'我爱阿难眼；爱阿难鼻；爱阿难口；爱阿难耳；爱阿难声音；爱阿难行步。'佛言：'眼中但有泪；鼻中但有涕；口中但有唾；耳中但有垢；身中但有屎尿，臭气不净。'

"昙摩蜱说得天花乱坠，我只是偷笑。因为身体上的污秽，人人都有，那能因着这些小事，就把爱情割断呢？况且这经本来不合对我说；若是对你念，还可以解释得去。"

敏明听了加陵末了那句话，忙问道："我是摩邓吗？怎样说对我念就可以解释得去？"加陵知道失言，忙回答说："请你原谅，我说错了。我底意思不是说你是摩邓，是说这本经合于对女人说。"加陵本是要向敏明解嘲，不意反触犯了她，敏明听了那几句经，心里更是明白。他们两人各有各底心事，总没有尽情吐露出来。加陵坐不多会，就告辞回家去了。

涅槃节近啦。敏明底父亲直催她上比古去，加陵知道敏明明日要动身，在那晚上到她家里，为底是要给她送行。但一进门，连人影也没有。转过角门，只见玛弥在她屋里缝衣服。那时候约在八点钟底光景。

加陵问玛弥说："姑娘呢？"玛弥抬头见是加陵，就赔笑说："姑娘说要去找你，你反来找她。她不曾到你家去吗？她出门已有一点钟工夫了。"加陵说："真的么？"玛弥回了一声："我还骗你不成。"低头还是做她底活计。加陵说："那么，我就回去等她。……你请。"

加陵知道敏明没有别处可去，她一定不会趁瑞大光底热闹。他回到家里，见敏明没来，就想着她一定和女伴到绿绮湖上乘凉。因为那夜底月亮亮得很，敏明和月亮很有缘；每到月圆底时候，她必招几个朋友到那里谈心。

加陵打定主意，就向绿绮湖去。到底时候，觉得湖里静寂得很。这几天是涅槃节期，各庙里都很热闹；绿绮湖底冷月没人来赏玩，是意中底事。加陵从爱华德第七底造像后面上了山坡，瞧见没人在那里，心里就有几分诧异。因为敏明每次必在那里坐，这回不见她，谅是没有来。

他走得很累，就在凳上坐一会。他在月影朦胧之中瞧见地上有一件东西，捡起来看时，却是一条蝉翼纱底领巾。那巾底两端都绣一个吉祥海云底徽识，所以他认得是敏明底。

加陵知道敏明还在湖边，把领巾藏在袋里，就抽身去找她。他踏一弯虹桥，转到水边底乐亭，瞧没有人，又折回来。他在山丘上注神一望，瞧见西南边隐隐有个人影，忙上前去，见有几分像敏明。加陵蹑步到野蔷薇垣后面，意思是要吓她。他瞧见敏明好像是找什么东西似的，所以静静伏在那里看她要做什么。

敏明找了半天，随在乐亭旁边摘了一枝优钵昙花，走到湖边，向着瑞大光合掌礼拜。加陵见了，暗想她为什么不到瑞大光膜拜去？于是再蹑足走近湖边底蔷薇垣，那里离敏明礼拜底地方很近。

加陵恐怕再触犯她，所以不敢作声。只听她底祈祷：

> 女弟子敏明，稽首三世诸佛：我自万劫以来，迷失本来智性；因此堕入轮回，成女人身。现在得蒙大慈，示我三生因果。我今悔悟，誓不再恋天人，致受无量苦楚。愿我今夜得除一切障碍，转生极乐国土。愿勇猛无畏阿弥陀，俯听恳求接引我。南无阿弥陀佛。

加陵听了她这番祈祷，心里很受感动。他没有一点悲痛，竟然从蔷薇垣里跳出来，对着敏明说："好朋友，我听你刚才的祈祷，知道你厌弃这世间，要离开它。我现在也愿意和你同行。"

敏明笑道："你什么时候来底？你要和我同行，莫不你也厌世吗？"加陵说："我不厌世。因为你底原故，我愿意和你同行。我和你分不开。你到那里，我也到那里。"敏明说："不厌世，就不必跟我去。你要记得你父亲愿你做一个转法轮底能手。你现在不必跟我去，以后还有相见底日子。"加陵说："你说不厌世就不必死，这话有些不对。譬如我要到蛮得勒去，不是嫌恶仰光，不过我未到过那城，所以愿意去瞧一瞧。但有些人很厌恶仰光，他巴不得立刻离开才好。现在，你是第二类底人，我是第一类底人。为什么不让我和你同行？"敏明不料加陵会来，更不料他一下就决心要跟从她。现在听他这一番话语，知道他与自己底觉悟虽然不同，但她常感得他们二人是那世界底命命鸟，所以不甚阻止他。到这时，她才把前几天底事告诉加陵。加陵听了，心里非常的喜欢，说："有那么好的地方，为何不早告诉我？我一定离不开你了，我们一块儿去罢。"

　　那时月光更是明亮。树林里萤火无千无万地闪来闪去，好像那世界底人物来赴他们底喜筵一样。

　　加陵一手搭在敏明底肩上，一手牵着她。快到水边底时候，加陵回过脸来向敏明底唇边啜了一下。他说："好朋友，你不亲我一下么？"敏明好像不曾听见，还是直地走。

　　他们走入水里，好像新婚底男女携手入洞房那般自在，毫无一点畏缩。在月光水影之中，还听见加陵说："咱们是生命底旅客，现在要到那个新世界，实在叫我快乐得很。"

　　现在他们去了！月光还是照着他们所走底路，瑞大光远远送一点鼓乐底声音来，动物园底野兽也都为他们唱很雄壮的欢送歌，唯有那不懂人情底水，不愿意替他们守这旅行底秘密，要找机会把他们底躯壳送回来。

选自《缀网劳蛛》

商务印书馆1925年1月版

## 作家的话 ◈

我不信人类在自然界里会有得到最后胜利的那一天。地会老，天会荒，人类也会碎成星云尘，随着太空里某个中心吸力无意识地绕转。所以我看见底处处都是悲剧，我所感底事事都是痛苦。可是我不呻吟，因为这是必然的现象。换一句话说，这就是命运。作者底功能，我想，便是启发读者这种悲感和苦感，使他们有所慰藉，有所趋避。

《序〈野鸽的话〉》

## 评论家的话 ◈

作者用南方国度，如缅甸等处作为背景所写成的各样文章，把僧侣家庭及异方风物介绍得那么亲切。作品中，咖啡与孔雀，佛法同爱情，仿佛无关系的一切联系在一处，使我们感到一种异国情调。读《命命鸟》《空山灵雨》那一类文章，总觉得这是另外一个国度的人，学着另外一个国度里的故事（虽然在文字上那种异国情调的夸张性却完全没有），他用的是中国的乐器，是我们最相熟的乐器，奏出了异国的调子，就是那调子，那声音，那永远是东方的、静的、微带厌世倾向的、柔软忧郁的调子，使我们读到它时，不知不觉发生悲哀了。

沈从文：《论落华生》

# 郁达夫

## 沉　沦

◈

　　郁达夫，原名郁文，字达夫，1896 年生于浙江富阳。1913 年赴日本留学，这期间广泛涉猎西方文学，并开始小说创作。1921 年参加发起成立创造社，同年出版第一部小说集《沉沦》，因大胆暴露现代青年的性的苦闷，展示灵与肉的冲突而风行一时，以后的创作大都延续了自己的独特风格。1933 年夏移居杭州，其文风渐趋平静、雅洁，《迟桂花》为其后期代表作。除小说创作外，散文和旧体诗创作俱佳。抗战期间赴南洋宣传抗日，太平洋战争爆发后，流亡印尼苏门答腊等地，改名赵廉隐居，以开酒厂为业，不久身份暴露，一度被迫为当地日本宪兵队做翻译，暗中做过不少有利于抗日的事情。1945 年 8 月 29 日被日本宪兵队秘密杀害。现有《郁达夫文集》12 卷。

# 一

他近来觉得孤冷得可怜。

他的早熟的性情，竟把他挤到与世人绝不相容的境地去，世人与他的中间介在的那一道屏障，愈筑愈高了。

天气一天一天的清凉起来，他的学校开学之后，已经快半个月了。那一天正是九月的二十二日。

晴天一碧，万里无云，终古常新的皎日，依旧在她的轨道上，一程一程的在那里行走。从南方吹来的微风，同醒酒的琼浆一般，带着一种香气，一阵阵的拂上面来。在黄苍未熟的稻田中间，在弯曲同白线似的乡间的官道上面，他一个人手里捧了一本六寸长的Wordsworth[①] 的诗集，尽在那里缓缓的独步。在这大平原内，四面并无人影；不知从何处飞来的一声两声的远吠声，悠悠扬扬的传到他耳膜上来。他眼睛离开了书，同做梦似的向有犬吠声的地方看去，但看见了一丛杂树，几处人家，同鱼鳞似的屋瓦上，有一层薄薄的蜃气楼，同轻纱似的，在那里飘荡。

"Oh，you serene gossamer！You beautiful gossamer！"

这样的叫了一声，他的眼睛里就涌出了两行清泪来，他自己也不知道是什么缘故。

---

① Wordsworth（1770—1850），即华兹华斯，英国著名湖畔派诗人。作者译作"渭迟渥斯"。

呆呆的看了好久，他忽然觉得背上有一阵紫色的气息吹来，息索的一响，道旁的一株小草，竟把他的梦境打破了，他回转头来一看，那株小草还是颠摇不已，一阵带着紫罗兰气息的和风，温微微的喷到他那苍白的脸上来。在这清和的早秋的世界里，在这澄清透明的以太中，他的身体觉得同陶醉似的酥软起来。他好像是睡在慈母怀里的样子。他好像是梦到了桃花源里的样子。他好像是在南欧的海岸，躺在情人膝上，在那里贪午睡的样子。

　　他看看四边，觉得周围的草木，都在那里对他微笑。看看苍空，觉得悠久无穷的大自然，微微的在那里点头。一动也不动的向天看了一会，他觉得天空中有一群小天神，背上插着了翅膀，肩上挂着了弓箭，在那里跳舞。他觉得乐极了，便不知不觉开了口，自言自语的说：

　　"这里就是你的避难所。世间的一般庸人都在那里妒忌你，轻笑你，愚弄你；只有这大自然，这终古常新的苍空皎日，这晚夏的微风，这初秋的清气，还是你的朋友，还是你的慈母，还是你的情人，你也不必再到世上去与那些轻薄的男女共处去，你就在这大自然的怀里，这纯朴的乡间终老了罢。"

　　这样的说了一遍，他觉得自家可怜起来，好像有万千哀怨，横亘在胸中，一口说不出来的样子。含了一双清泪，他的眼睛又看到他手里的书上去。

　　　　Behold her, single in the field,

　　　　You solitary Highland lass!

　　　　Reaping and singing by herself;

　　　　Stop here, or gently pass!

127

Alone she cuts, and binds the grain,

And sings a melancholy strain;

Oh, listen! for the vale profound

Is overflowing with the sound.

　　看了这一节之后，他又忽然翻过一张来，脱头脱脑的看到那第三节去。

Will no one tell me what she sings?

Perhaps the plaintive numbers flow

For old, unhappy, far—off things,

And battle long ago:

Or is it some more humble lay,

Familiar matter of today?

Some natural sorrow, loss, or pain,

That has been and may be again?

　　这也是他近来的一种习惯，看书的时候，并没有次序的。几百页的大书，更可不必说了，就是几十页的小册子，如爱美生（Emerson）的《自然论》（On Nature）、沙罗（Thoreau）的《逍遥游》（Excursion）之类，也没有完完全全从头至尾的读完一篇过。当他起初翻开一册书来看的时候，读了四行五行或一页二页，他每被那一本书感动，恨不得要一口气把那一本书吞下肚子里去的样子，到读了三页四页之后，他又生起一种怜惜的心来，他心里似乎说：

"像这样的奇书，不应该一口气就把它念完，要留着细细儿的咀嚼才好。一下子就念完了之后，我的热望也就不得不消灭，那时候我就没有好望，没有梦想了，怎么使得呢？"

他的脑里虽然有这样的想头，其实他的心里早有一些儿厌倦起来，到了这时候，他总把那本书收过一边，不再看下去。过几天或者过几个钟头之后，他又用了满腔的热忱，同初读那一本书的时候一样的，去读另外的书去；几日前或者几点钟前那样的感动他的那一本书，就不得不被他遗忘了。

放大了声音把渭迟渥斯的那两节诗读了一遍之后，他忽然想把这一首诗用中国文翻译出来。

《孤寂的高原刈稻者》

他想想看，"The Solitary Highland Reaper"诗题只有如此的译法。


你看那个女孩儿，她只一个人在田里，

你看那边的那个高原的女孩儿，她只一个人，冷清清地！

她一边刈稻，一边在那儿唱着不已：

她忽儿停了，忽儿又过去了，轻盈体态，风光细腻！

她一个人，刈了，又重把稻儿捆起，

她唱的山歌，颇有些儿悲凉的情味：

听呀听呀！这幽谷深深，

全充满了她的歌唱的清音。


有人能说否，她唱的究是什么？

或者她那万千的痴话

是唱着前代的哀歌，

或者是前朝的战事，千兵万马；

或者是些坊间的俗曲，

便是目前的家常闲说？

或者是些天然的哀怨，必然的丧苦，自然的悲楚，

这些事虽是过去的回思，将来想亦必有人指诉。


　　他一口气译了出来之后，忽又觉得无聊起来，便自嘲自骂的说：

　　"这算是什么东西呀，岂不同教会里的赞美歌一样的乏味么？英国诗是英国诗，中国诗是中国诗，又何必译来译去呢！"

　　这样的说了一句，他不知不觉便微微儿的笑了起来。向四边一看，太阳已经打斜了；大平原的彼岸，西边的地平线上，有一座高山，浮在那里，饱受了一天残照，山的周围酝酿成一层朦朦胧胧的岚气，反射出一种紫不紫红不红的颜色来。

　　他正在那里出神呆看的时候，喀的咳嗽了一声，他的背后忽然来了一个农夫。回头一看，他就把他脸上的笑容装改了一副忧郁的面色，好像他的笑容是怕被人看见的样子。


# 二


　　他的忧郁症愈闹愈甚了。

　　他觉得学校里的教科书，味同嚼蜡，毫无半点生趣。天气清朗

的时候，他每捧了一本爱读的文学书，跑到人迹罕至的山腰水畔，去贪那孤寂的深味去。在万籁俱寂的瞬间，在天水相映的地方，他看看草木虫鱼，看看白云碧落，便觉得自家是一个孤高傲世的贤人，一个超然独立的隐者。有时在山中遇着一个农夫，他便把自己当作了 Zaratustra①，把 Zaratustra 所说的话，也在心里对那农夫讲了。他的 megalomania 也同他的 hypochondria 成了正比例，一天一天的增加起来。他竟有连接四五天不上学校去听讲的时候。

有时候到学校里去，他每觉得众人都在那里凝视他的样子。他避来避去想避他的同学，然而无论到了什么地方，他的同学的眼光，总好像怀了恶意，射在他的背脊上面。

上课的时候，他虽然坐在全班学生的中间，然而总觉得孤独得很；在稠人广众之中，感得的这种孤独，倒比一个人在冷清的地方，感得的那种孤独，还更难受。看看他的同学们，一个个都是兴高采烈的在那里听先生的讲义，只有他一个人身体虽然坐在讲堂里头，心思却同飞云逝电一般，在那里作无边无际的空想。

好容易下课的钟声响了！先生退去之后，他的同学说笑的说笑，谈天的谈天，个个都同春来的燕雀似的，在那里作乐；只有他一个人锁了愁眉，舌根好像被千钧的巨石锤住的样子，兀的不作一声。他也很希望他的同学来对他讲些闲话，然而他的同学却都自家管自家的去寻欢乐去，一见了他那一副愁容，没有一个不抱头奔散的，因此他愈加怨他的同学了。

---

① Zaratustra，即查拉图斯特拉，公元前六七世纪波斯教的创始人。德国哲学家尼采（1844—1900）在《查拉图斯特拉如是说》一书中，借他来阐述其超人哲学。

"他们都是日本人，他们都是我的仇敌，我总有一天来复仇，我总要复他们的仇。"

一到了悲愤的时候，他总这样的想的，然而到了安静之后，他又不得不嘲骂自家说：

"他们都是日本人，他们对你当然是没有同情的，因为你想得他们的同情，所以你怨他们，这岂不是你自家的错误么?"

他的同学中的好事者，有时候也有人来向他说笑的，他心里虽然非常感激，想同那一个人谈几句知心的话，然而口中总说不出什么话来；所以有几个解他的意的人，也不得不同他疏远了。

他的同学日本人在那里欢笑的时候，他总疑他们是在那里笑他，他就一霎时的红起脸来。他们在那里谈天的时候，若有偶然看他一眼的人，他又忽然红起脸来，以为他们是在那里讲他。他同他同学中间的距离，一天一天的远背起来，他的同学都以为他是爱孤独的人，所以谁也不敢来近他的身。

有一天放课之后，他挟了书包，回到他的旅馆里来，有三个日本学生系同他同路的。将要到他寄寓的旅馆的时候，前面忽然来了两个穿红裙的女学生。在这一区市外的地方，从没有女学生看见的，所以他一见了这两个女子，呼吸就紧缩起来。他们四个人同那两个女子擦过的时候，他的三个日本人的同学都问她们说：

"你们上那儿去?"

那两个女学生就作起娇声来回答说：

"不知道!"

"不知道!"

那三个日本学生都高笑起来，好像是很得意的样子；只有他一个人似乎是他自家同她们讲了话似的，害了羞，匆匆跑回旅馆里来。进了他自家的房，把书包用力的向席上一丢，他就在席上躺下了。他的胸前还在那里乱跳，用了一只手枕着头，一只手按着胸口，他便自嘲自骂的说：

"你这卑怯者！

"你既然怕羞，何以又要后悔？

"既要后悔，何以当时你又没有那样的胆量，不同她们去讲一句话？

"Oh，coward，coward！"

说到这里，他忽然想起刚才那两个女学生的眼波来了。

那两双活泼泼的眼睛！

那两双眼睛里，确有惊喜的意思含在里头。然而再仔细想了一想，他又忽然叫起来说：

"呆人呆人！她们虽有意思，与你有什么相干？她们所送的秋波，不是单送给那三个日本人的么？唉！唉！她们已经知道了，已经知道我是支那人了，否则她们何以不来看我一眼呢！复仇复仇，我总要复他们的仇。"

说到这里，他那火热的颊上忽然滚了几颗冰冷的眼泪下来。他是伤心到极点了。这一天晚上，他记的日记说：

"我何苦要到日本来，我何苦要求学问。既然到了日本，那自然不得不被他们日本人轻侮的。中国呀中国！你怎么不富强起来，我不能再隐忍过去了。

"故乡岂不有明媚的山河，故乡岂不有如花的美女？我何苦要到这东海的岛国里来！

"到日本来倒也罢了，我何苦又要进这该死的高等学校。他们留了五个月学回去的人，岂不在那里享荣华安乐么？这五六年的岁月，教我怎么能挨得过去。受尽了千辛万苦，积了十数年的学识，我回国去，难道定能比他们来胡闹的留学生更强么？

　　"人生百岁，年少的时候，只有七八年的光景，这最纯最美的七八年，我就不得不在这无情的岛国里虚度过去，可怜我今年已经是二十一了。

　　"槁木的二十一岁！

　　"死灰的二十一岁！

　　"我真还不如变了矿物质的好，我大约没有开花的日子了。

　　"知识我也不要，名誉我也不要，我只要一个安慰我体谅我的'心'。一副白热的心肠！从这一副心肠里生出来的同情！从同情而来的爱情！

　　"我所要求的就是爱情！

　　"若有一个美人，能理解我的苦楚，她要我死，我也肯的。

　　"若有一个妇人，无论她是美是丑，能真心真意的爱我，我也愿意为她死的。

　　"我所要求的就是异性的爱情！

　　"苍天呀苍天，我并不要知识，我并不要名誉，我也不要那些无用的金钱，你若能赐我一个伊甸园内的'伊扶'，使她的肉体与心灵，全归我有，我就心满意足了。"

# 三

　　他的故乡，是富春江上的一个小市，去杭州水程不过八九十里。这一条江水，发源安徽，贯流全浙，江形曲折，风景常新，唐朝有一个诗人赞这条江水说"一川如画"。他十四岁的时候，请了一位先生写了这四个字，贴在他的书斋里，因为他的书斋的小窗，是朝着江面的。虽则这书斋结构不大，然而风雨晦明，春秋朝夕的风景，也还抵得过滕王高阁。在这小小的书斋里过了十几个春秋，他才跟了他的哥哥到日本来留学。

　　他三岁的时候就丧了父亲，那时候他家里困苦得不堪。好容易他长兄在日本 W 大学卒了业，回到北京，考了一个进士，分发在法部当差，不上两年，武昌的革命起来了。那时候他已在县立小学堂卒了业，正在那里换来换去的换中学堂。他家里的人都怪他无恒性，说他的心思太活；然而依他自己讲来，他以为他一个人同别的学生不同，不能按部就班的同他们同在一处求学的。所以他进了 K 府中学之后，不上半年又忽然转到 H 府中学来；在 H 府中学住了三个月，革命就起来了。H 府中学停学之后，他依旧只能回到他那小小的书斋里来。第二年的春天，正是他十七岁的时候，他就进了大学的预科。这大学是在杭州城外，本来是美国长老会捐钱创办的，所以学校里浸润了一种专制的弊风，学生的自由，几乎被压缩得同针眼儿一般的小。礼拜三的晚上有什么祈祷会，礼拜日非但不准出去游玩，并且在家里看别的书也不准的，除了唱赞美诗祈祷之外，只许看新旧约书。每天早晨从九点钟到九点二十分，定要去做礼拜，不去做礼拜，就要扣分数记过。他虽然非常爱那学校近旁的山水景物，然而他的心里，总有些反抗的意思，因为他是一个爱自由的人，对那些迷信的管束，怎么也不甘心服从。住不上半年，那大学里的厨子，托了校长的势，竟打起学生来。学生中间有几个不服的，便去告诉校长，校长反说学生不是。他看看这些情形，实在是太无道理了，就立刻去告了退，仍复回家，到那小小的书斋里去。那时候已经是六月初了。

在家里住了三个多月，秋风吹到富春江上，两岸的绿树就快凋落的时候，他又坐了帆船，下富春江，上杭州去。恰好那时候石牌楼的 W 中学正在那里招插班生，他进去见了校长 M 氏，把他的经历说给了 M 氏夫妻听，M 氏就许他插入最高的班里去。这 W 中学原来也是一个教会学校，校长 M 氏，也是一个糊涂的美国宣教师；他看看这学校的内容倒比 H 大学不如了。与一位很卑鄙的教务长——原来这一位先生就是 H 大学的卒业生——闹了一场，第二年的春天，他就出来了。出了 W 中学，他看看杭州的学校，都不能如他的意，所以他就打算不再进别的学校去。

正是这个时候，他的长兄也在北京被人排斥了。原来他的长兄为人正直得很，在部里办事，铁面无私，并且比一般部内的人物又多了一些学识，所以部内上下，都忌惮他。有一天某次长的私人，来问他要一个位置，他执意不肯，因此次长就同他闹起意见来，过了几天他就辞了部里的职，改到司法界去做司法官去了。他的二兄那时候正在绍兴军队里做军官，这一位二兄军人习气颇深，挥金如土，专喜结交侠少。他们弟兄三人，到这时候都不能如意之所为，所以那一小市镇里的闲人都说他们的风水破了。

他回家之后，便镇日镇夜的蛰居在他那小小的书斋里。他父祖及他长兄所藏的书籍，就作了他的良师益友。他的日记上面，一天一天的记起诗来。有时候他也用了华丽的文章做起小说来，小说里就把他自己当作了一个多情的勇士，把他邻近的一家寡妇的两个女儿，当作了贵族的苗裔，把他故乡的风物，全编作了田园的清景；有兴的时候，他还把他自家的小说，用单纯的外国文翻译起来；他的幻想，愈演愈大了，他的忧郁病的根苗，大约也就在这时候培养成功的。

在家里住了半年，到了七月中旬，他接到他长兄的来信说：

院内近有派予赴日本考察司法事务之意，予已许院长以东行，大约此事不日可见命令。渡日之先，拟返里小住。三弟居家，断非上策，此次当偕伊赴日本也。

他接到了这一封信之后，心中日日盼他长兄南来，到了九月下旬，他的兄嫂才自北京到家。住了一月，他就同他的长兄长嫂同到日本去了。

到了日本之后，他的 dreams of the romantic age 尚未醒悟，模模糊糊的过了半载，他就考入了东京第一高等学校。这正是他十九岁的秋天。

第一高等学校将开学的时候，他的长兄接到了院长的命令，要他回去。他的长兄就把他寄托在一家日本人的家里，几天之后，他的长兄长嫂和他的新生的侄女儿就回国去了。

东京的第一高等学校里有一班预备班，是为中国学生特设的。在这预科里预备一年，卒业之后，才能入各地高等学校的正科，与日本学生同学。他考入预科的时候，本来填的是文科，后来将在预科卒业的时候，他的长兄定要他改到医科去，他当时亦没有什么主见，就听了他长兄的话把文科改了。

预科卒业之后，他听说 N 市的高等学校是最新的，并且 N 市是日本产美人的地方，所以他就要求到 N 市的高等学校去。

## 四

他的二十岁的八月二十九日的晚上，他一个人从东京的中央车站乘了夜行车到 N 市去。

那一天大约刚是旧历的初三四的样子，同天鹅绒似的又蓝又紫的天空里，洒满了一天星斗。半痕新月，斜挂在西天角上，却似仙女的蛾眉，未加翠黛的样子。他一个人靠着了三等车的车窗，默默的在那里数窗外人家的灯火。火车在暗黑的夜气中间，一程一程的进去，那大都市的星星灯火，也一点一点的朦胧起来，他的胸中忽然生了万千哀感，他的眼睛里就忽然觉得热起来了。

"Sentimental, too sentimental!"

这样的叫了一声，把眼睛揩了一下，他反而自家笑起自家来。

"你也没有情人留在东京，你也没有弟兄知己住在东京，你的眼泪究竟是为谁洒的呀！或者是对于你过去的生活的伤感，或者是对你二年间的生活的余情，然而你平时不是说不爱东京的么？

"唉，一年人住岂无情。

"黄莺住久浑相识，欲别频啼四五声！"

胡思乱想的寻思了一会，他又忽然想到初次赴新大陆去的清教徒的身上去。

"那些十字架下的流人，离开他故乡海岸的时候，大约也是悲壮淋漓，同我一样的。"

火车过了横滨，他的感情方才渐渐儿的平静起来。呆呆的坐了一忽，他就取了一张明信片出来，垫在海涅（Heine）的诗集上，用铅笔写了一首诗寄他东京的朋友。

> 蛾眉月上柳梢初，又向天涯别故居。
>
> 四壁旗亭争赌酒，六街灯火远随车。
>
> 乱离年少无多泪，行李家贫只旧书。
>
> 后夜芦根秋水长，凭君南浦觅双鱼。

在朦胧的电灯光里，静悄悄的坐了一会，他又把海涅的诗集翻开来看了。

> Lebet wohl，ihr glatten Saele，
>
> Glatte Herren，glatte，Frauen!
>
> Auf die Berge will ich steigen，
>
> Lac end auf euch niederschauen!
>
> Aus Heines Buch der Lieder.
>
> 浮薄的尘寰，无情的男女，
>
> 你看那隐隐的青山，我欲乘风飞去，
>
> 且住且住，

我将从那绝顶的高峰，笑看你终归何处。

单调的轮声，一声声连连续续的飞到他的耳膜上来，不上三十分钟他竟被这催眠的车轮声引诱到梦幻的仙境里去了。

早晨五点钟的时候，天空渐渐儿的明亮起来。在车窗里向外一望，他只见一线青天还被夜色包住在那里。探头出去一看，一层薄雾，笼罩着一幅天然的画图，他心里想了一想：

"原来今天又是清秋的好天气，我的福分真可算不薄了。"

过了一个钟头，火车就到了 N 市的停车场。

下了火车，在车站上遇见了一个日本学生；他看看那学生的制帽上也有两条白线，便知道他也是高等学校的学生。他走上前去，对那学生脱了一脱帽，问他说：

"第 X 高等学校是在什么地方的?"

那学生回答说：

"我们一路去罢。"

他就跟了那学生跑出火车站来，在火车站的前头，乘了电车。

时光还早得很，N 市的店家都还未曾起来。他同那日本学生坐了电车，经过了几条冷清的街巷，就在鹤舞公园前面下了车。他问那日本学生说：

"学校还远得很么?"

"还有二里多路。"

穿过了公园，走到稻田中间的细路上的时候，他看看太阳已经起来了，稻上的露滴，还同明珠似的挂在那里。前面有一丛树林，树林荫里，疏疏落落的看得见几椽农舍。有两三条烟囱筒子，突出在农舍的上面，隐隐约约的浮在清晨的空气里。一缕两缕的青烟，同炉香似的在那里浮动，他知道农家已在那里炊早饭了。

到学校近边的一家旅馆去一问，他一礼拜前头寄出的几件行李，早已经到在那里。原来那一家人家是住过中国留学生的，所以主人待他也很殷勤。在那一家旅馆里住下了之后，他觉得前途好像有许多欢乐在那里等他的样子。

他的前途的希望，在第一天的晚上，就不得不被目前的实情嘲弄了。原来他的故里，也是一个小小的市镇。到了东京之后，在人山人海的中间，他虽然时常觉得孤独，然而东京的都市生活，同他幼时的习惯尚无十分龃龉的地方。如今到了这 N 市的乡下之后，他的旅馆，是一家孤立的人家，四面并无邻舍，左首门外便是一条如发的大道，前后都是稻田，西面是一方池水，并且因为学校还没有开课，别的学生还没有到来，这一间宽旷的旅馆里，只住了他一个客人。白天倒还可以支吾过去，一到了晚上，他开窗一望，四面都是沉沉的黑影，并且因 N 市的附近是一大平原，所以望眼连天，四面并无遮障之处，远远里有一点灯火，明灭无常，森然有些鬼气。天花板里，又有许多虫鼠，息栗索落的在那里争食。窗外有几株梧桐，微风动叶，飒飒的响得不已，因为他住在二层楼上，所以梧桐的叶战声，近在他的耳边。他觉得害怕起来，几乎要哭出来了。他对于都市的怀乡病（Nostalgia）从未有比那一晚更甚的。

学校开了课，他朋友也渐渐儿的多起来。感受性非常强烈的他的性情，也同天空大地丛林野水融和了。不上半年，他竟变成了一个大自然的宠儿，一刻也离不了那天然的野趣了。

他的学校是在 N 市外，刚才说过 N 市的附近是一大平原，所以四边的地平线，界限广大的很。那时候日本的工业还没有十分发达，人口也还没有增加得同目下一样，所以他的学校的近边，还多是丛林空地，小阜低岗。除了几家与学生做买卖的文房具店及菜馆之外，附近并没有居民。荒野的人间，只有几家为学生设的旅馆，同晓天的星影似的，散缀在麦田瓜地的中央。晚饭毕后，披了黑呢的缦斗（斗篷），拿了爱读的书，在迟迟不落的夕照中间，散步逍遥，是非常快乐的。他的田园趣味，大约也是在这 Idyllic Wanderings 的中间养成的。

在生活竞争不十分猛烈，逍遥自在，同中古时代一样的时候，在风气纯良，不与市井小人同处，清闲雅淡的地方，过日子正如做梦一样。他到了 N 市之后，转瞬之间，已经有半年多了。

熏风日夜的吹来，阜色渐渐儿的绿起来。旅馆近旁麦田里的麦穗，也一寸一寸的长起来了。草木虫鱼都化育起来，他的从始祖传来的苦闷也一日一日的增长起来，他每天早晨，在被窝里犯的罪恶，也一次一次的加起来了。

他本来是一个非常爱高尚爱洁净的人，然而一到了这邪念发生的时候，他的智力也无用了，他的良心也麻痹了，他从小服膺的"身体发肤不敢毁伤"的圣训，也不能顾全了。他犯了罪之后，每深自痛悔，切齿的说，下次总不再犯了，然而到了第二天的那个时候，种种幻想，又活泼泼的到他的眼前来。他平时所看见的"伊扶"的遗类，都赤裸裸的来引诱他。中年以后的妇人的形体，在他的脑里，比处女更有挑发他情动的地方。他苦闷一场，恶斗一场，终究不得不做她们的俘虏。这样的一次成了两次，两次之后，就成了习惯了。他犯罪之后，每到图书馆里去翻出医书来看，医书上都千篇一律的说，于身体最有害的就是这一种犯罪。从此之后，他的恐惧心也一天一天的增加起来了。有一天他不知道从什么地方得来的消息，好像是一本书上说，俄国近代文学的创设者 Gogol 也犯这一宗病，他到死竟没有改过来，他想到了郭歌里，心里就宽了一宽，因为这《死了的灵魂》①的著者，也是同他一样的。然而这不过自家对自家的宽慰而已，他的胸里，总有一种非常的忧虑存在那里。

因为他是非常爱洁净的，所以他每天总要去洗澡一次，因为他是非常爱惜身体的，所以他每天总要去吃几个生鸡子和牛乳；然而他去洗澡或吃牛乳鸡子的时候，他总觉得惭愧得很，因为这都是他的犯罪的证据。

他觉得身体一天一天的衰弱起来，记忆力也一天一天的减退了，他又渐渐儿的生了一种怕见人面的心思，见了妇人女子的时候，他觉得更加难受。学校的教科书，他渐渐的嫌恶起来，法国自然派的小说和中国那几本有名的诲淫小说，他念了又念，几乎记熟了。

有时候他忽然做出一首好诗来，他自家便喜欢得非常，以为他的脑力还没有破坏。那时候他每对着自家起誓说：

"我的脑力还可以使得，还能做得出这样的诗，我以后决不再犯罪了。过去的事实是没法，我以后总不再犯罪了。若从此自新，我的脑力，还是很可以的。"

然而一到了紧迫的时候，他的誓言又忘了。

每礼拜四五，或每月的二十六七的时候，他索性尽意的贪起欢来。他的心里想，自下礼拜一或下月初一起，我总不犯罪了。有时候正合到礼拜六或月底的晚上，去剃头洗澡去，以为这就是改过自

---

① 郭歌里，现译作果戈理。《死了的灵魂》，现译作《死魂灵》。

新的记号，然而过几天他又不得不吃鸡子和牛乳了。

他的自责心同恐惧心，竟一日也不使他安闲，他的忧郁症也从此厉害起来了。这样的状态继续了一二个月，他的学校里就放了暑假，暑假的两个月内，他受的苦闷，更甚于平时；到了学校开课的时候，他的两颊的颧骨更高起来，他的青灰色的眼窝更大起来，他的一双灵活的瞳仁变了同死鱼眼睛一样了。


五


秋天又到了。浩浩的苍空，一天一天的高起来。他的旅馆旁边的稻田，都带起黄金色来。朝夕的凉风，同刀也似的刺到人的心骨里去，大约秋冬的佳日，来也不远了。

一礼拜前的有一天午后，他拿了一本 Wordsworth 的诗集，在田塍路上逍遥漫步了半天。从那一天以后，他的循环性的忧郁症，尚未离他的身过。前几天在路上遇着的那两个女学生，常在他的脑里，不使他安静，想起那一天的事情，他还是一个人要红起脸来。

他近来无论上什么地方去，总觉得有坐立难安的样子。他上学校去的时候，觉得他的日本同学都似在那里排斥他。他的几个中国同学，也许久不去寻访了，因为去寻访了回来，他心里反觉得空虚。因为他的几个中国同学，怎么也不能理解他的心理。他去寻访的时候，总想得些同情回来的，然而到了那里，谈了几句以后，他又不得不自悔寻访错了。有时候和朋友讲得投机，他就任了一时的热意，把他的内外的生活都对朋友讲了出来，然而到了归途，他又自悔失言，心里的责备，倒反比不去访友的时候，更加厉害。他的几个中国朋友，因此都说他是染了神经病了。他听了这话之后，对了那几个中国同学，也同对日本学生一样，起了一种复仇的心。他同他的几个中国同学，一日一日的疏远起来。嗣后虽在路上，或在学校里遇见的时候，他同那几个中国同学，也不点头招呼。中国留学生开会的时候，他当然是不去出席的。因此他同他的几个同胞，竟宛然成了两家仇敌。

他的中国同学的里边，也有一个很奇怪的人，因为他自家的结婚有些道德上的罪恶，所以他专喜讲人家的丑事，以掩己之不善，说他是神经病，也是这一位同学说的。

他交游离绝之后，孤冷得几乎到将死的地步，幸而他住在旅馆里，还有一个主人的女儿，可以牵引他的心，否则他真只能自杀了。他旅馆的主人的女儿，今年正是十七岁，长方的脸儿，眼睛大得很，笑起来的时候，面上有两颗笑靥，嘴里有一颗金牙看得出来，因为她自家觉得她自家的笑容是非常可爱，所以她平时常在那里弄笑。

他心里虽然非常爱她，然而她送饭来或来替他铺被的时候，他总装出一种兀不可犯的样子来。他心里虽想对她讲几句话，然而一见了她，他总不能开口。她进他房里来的时候，他的呼吸竟急促到吐气不出的地步。他在她的面前实在是受苦不起了，所以近来她进他的房里来的时候，他每不得不跑出房外去。然而他思慕她的心情，却一天一天的浓厚起来。有一天礼拜六的晚上，旅馆里的学生，都上Ｎ市去行乐去了。他因为经济困难，所以吃了晚饭，上西面池上去走了一回，就回到旅舍里来枯坐。

回家来坐了一会，他觉得那空旷的二层楼上，只有他一个人在家。静悄悄的坐了半晌，坐得不耐烦起来的时候，他又想跑出外面去。然而要跑出外面去，不得不由主人的房门口经过，因为主人和他女儿的房，就在大门的边上。他记得刚才进来的时候，主人和他的女儿正在那里吃饭。他一想到经过她面前的时候的苦楚，就把跑出外面去的心思丢了。

拿出了一本 G. Gissing 的小说来读了三四页之后，静寂的空气里，忽然传了几声沙沙的泼水声音过来。他静静儿的听了一听，呼吸又一霎时的急了起来，面色也涨红了。迟疑了一会，他就轻轻的开了房门，拖鞋也不拖，幽脚幽手的走下扶梯去。轻轻的开了便所的门，他尽兀自的站在便所的玻璃窗口偷看。原来他旅馆里的浴室，就在便所的间壁，从便所的玻璃窗看去，浴室里的动静了了可看。他起初以为看一看就可以走的，然而到了一看之后，他竟同被钉子钉住的一样，动也不能动了。

那一双雪样的乳峰！

那一双肥白的大腿！

这全身的曲线！

呼气也不呼，仔仔细细的看了一会，他面上的筋肉，都发起痉挛来了。愈看愈颤得厉害，他那发颤的前额部竟同玻璃窗冲击了一下。被蒸汽包住的那赤裸裸的"伊扶"便发了娇声问说：

"是谁呀？……"

他一声也不响，急忙跳出了便所，就三脚两步的跑上楼上去了。

他跑到了房里，面上同火烧的一样，口也干渴了。一边他自家打自家的嘴巴，一边就把他的被窝拿出来睡了。他在被窝里翻来覆去，总睡不着，便立起了两耳，听起楼下的动静来。他听听泼水的声音也息了，浴室的门开了之后，他听见她的脚步声好像是走上楼来的样子，用被包着了头，他心里的耳朵明明告诉他说：

"她已经立在门外了。"

他觉得全身的血液，都在往上奔注的样子。心里怕得非常，羞得非常，也喜欢得非常。然而若有人问他，他无论如何，总不肯承认说，这时候他是喜欢的。

他屏住了气息，尖着了两耳听了一会，觉得门外并无动静，又故意咳嗽了一声，门外亦无声响。他正在那里疑惑的时候，忽听见她的声音，在楼下同她的父亲在那里说话。他手里捏了一把冷汗，拼命想听出她的话来，然而无论如何总听不清楚。停了一会，她的父亲高声笑了起来，他把被蒙头的一罩，咬紧了牙齿说：

"她告诉了他了！她告诉了他了！"

这一天的晚上他一睡也不曾睡着。第二天的早晨，天亮的时候，他就惊心吊胆的走下楼来。洗了手面，刷了牙，趁主人和他的女儿还没有起来之先，他就同逃也似的出了那个旅馆，跑到外面来。

官道上的沙尘，染了朝露，还未曾干着。太阳已经起来了。他不问皂白，便一直的往东走去。远远有一个农夫，拖了一车野菜慢慢的走来。那农夫同他擦过的时候，忽然对他说：

"你早啊！"

他倒惊了一跳，那清瘦的脸上，又起了一层红潮，胸前又乱跳起来，他心里想：

"难道这农夫也知道了么？"

无头无脑的跑了好久，他回转头来看看他的学校，已经远得很了，举头看看，太阳也升高了。他摸摸表看，那银饼大的表，也不在身边。从太阳的角度看起来，大约已经是九点钟前后的样子。他虽然觉得饥饿得很，然而无论如何，总不愿意再回到那旅馆里去，同主人和他的女儿相见。想去买些零食充一充饥，然而他摸摸自家的袋看，袋里只剩了一角二分钱在那里。他到一家乡下的杂货店内，尽那一角二分钱，买了些零碎的食物，想去寻一处无人看见的地方去吃。走到了一处两路交叉的十字路口，他朝南的一望，只见与他的去路横交的那一条自北趋南的路上，行人稀少得很。那一条路是向南的斜低下去的，两面更有高壁在那里，他知道这路是从一条小山中开辟出来的。他刚才走来的那条大道，便是这山的岭脊，十字路当作了中心，与岭脊上的那条大道相交的横路，是两边低斜下去的。在十字路口迟疑了一会，他就取了那一条向南斜下的路走去。走尽了两面的高壁，他的去路就穿入大平原去，直通到彼岸的市内。平原的彼岸有一簇深林，划在碧空的心里，他心里想：

"这大约就是 A 神宫了。"

他走尽了两面的高壁，向左手斜面上一望，见沿高壁的那山面上有一道女墙，围住着几间茅舍，茅舍的门上悬着了"香雪海"三字的一方匾额。他离开了正路，走上几步，到那女墙的门前，顺手的向门一推，那两扇柴门竟自开了。他就随随便便的踏了进去。门内有一条曲径，自门口通过了斜面，直达到山上去的。曲径的两旁，有许多老苍的梅树种在那里，他知道这就是梅林了。顺了那一条曲径，往北的从斜面上走到山顶的时候，一片同图画似的平地，展开在他的眼前。这园自从山脚上起，跨有朝南的半山斜面，同顶上的一块平地，布置得非常幽雅。

山顶平地的西面是千仞的绝壁，与隔岸的绝壁相对峙，两壁的中间，便是他刚走过的那一条自北趋南的通路。背临着了那绝壁，有一间楼屋，几间平屋造在那里。因为这几间屋，门窗都闭在那里，他所以知道这定是为梅花开日，卖酒食用的。楼屋的前面，有一块草地，草地中间，有几方白石，围成了一个花园，圈子里，卧着一枝老梅，那草地的南尽头，山顶的平地正要向南斜下去的地方，有一块石碑立在那里，系记这梅林的历史的。他在碑前的草地上坐下之后，就把买来的零食拿出来吃了。

吃了之后，他兀兀的在草地上坐了一会。四面并无人声，远远的树枝上，时有一声两声的鸟鸣声飞来。他仰起头来看看澄清的碧落，同那皎洁的日轮，觉得四面的树枝房屋，小草飞禽，都一样的在和平的太阳光里，受大自然的化育。他那昨天晚上的犯罪的记忆，正同远海的帆影一般，不知消失到那里去了。

这梅林的平地上和斜面上，又来又去的曲径很多。他站起来走来走去的走了一会，方晓得斜面上梅树的中间，更有一间平屋造在那里。从这一间房屋往东的走去几步，有眼古井，埋在松叶堆中。他摇摇井上的唧筒看，呷呷的响了几声，却抽不起水来。他心里想：

"这园大约只有梅花开的时候，开放一下，平时总没有人住的。"

想到这里，他又自言自语的说：

"既然空在这里，我何妨去问园主人去借住借住。"想定了主意，他就跑下山来，打算去寻园主人去。他将走到门口的时候，恰好遇见了一个五十来岁的农夫走进园来。他对那农夫道歉之后，就问他说：

"这园是谁的，你可知道？"

"这园是我经管的。"

"你住在什么地方的？"

"我住在路的那面。"

一边这样的说，一边那农民指着通路西边的一间小屋给他看。他向西一看，果然在西边的高壁尽头的地方，有一间小屋在那里。他点了点头，又问说：

"你可以把园内的那间楼屋租给我住住么？"

"可是可以的，你只一个人么？"

"我只一个人。"

"那你可不必搬来的。"

"这是什么缘故呢？"

"你们学校里的学生，已经有几次搬来过了，大约都因为冷静不过，住不上十天，就搬走的。"

"我可同别人不同，你但能租给我，我是不怕冷静的。"

"这样那里有不租的道理，你想什么时候搬来？"

"就是今天午后罢。"

"可以的，可以的。"

"请你就替我扫一扫干净，免得搬来之后着忙。"

"可以可以。再会！"

"再会！"


# 六


搬进了山上梅园之后，他的忧郁症又变起形状来了。

他同他的北京的长兄，为了一些儿细事，竟生起龃龉来。他发了一封长长的信，寄到北京，同他的长兄绝了交。

那一封信发出之后，他呆呆的在楼前草地上想了许多时候。他自家想想看，他便是世界上最不幸的人了。其实这一次的决裂，是发始于他的。同室操戈，事更甚于他姓之相争，自此之后，他恨他的长兄竟同蛇蝎一样。他被他人欺侮的时候，每把他长兄拿出来作比：

"自家的弟兄，尚且如此，何况他人呢！"

他每达到这一个结论的时候，必尽把他长兄待他苛刻的事情，细细回想出来。把各种过去的事迹，列举出来之后，就把他长兄判决是一个恶人，他自家是一个善人。他又把自家的好处列举出来，把他所受的苦处，夸大的细数起来。他证明得自家是一个世界上最苦的人的时候，他的眼泪就同瀑布似的流下来。他在那里哭的时候，空中好像有一种柔和的声音在对他说：

"啊呀，哭的是你么？那真是冤屈了你了。像你这样的善人，受世人的那样的虐待，这可真是冤屈了你了。罢了罢了，这也是天命，你别再哭了，怕伤害了你的身体！"

他心里一听到这一种声音，就舒畅起来。他觉得悲苦的中间，也有无穷的甘味在那里。

他因为想复他长兄的仇，所以就把所学的医科丢弃了，改入文科里去，他的意思，以为医科是他长兄要他改的，仍旧改回文科，就是对他长兄宣战的一种明示。并且他由医科改入文科，在高等学校须迟卒业一年。他心里想，迟卒业一年，就是早死一岁，你若因此迟了一年，就到死可以对你长兄含一种敌意。因为他恐怕一二年之后，他们兄弟两人的感情，仍旧要和好起来；所以这一次的转科，便是帮他永久敌视他长兄的一个手段。

气候渐渐儿的寒冷起来，他搬上山来之后，已经有一个月了。几日来天气阴郁，灰色的层云，天天挂在空中。寒冷的北风吹来的时候，梅林的树叶，每息索索索的飞掉下来。

初搬来的时候，他卖了些旧书，买了许多炊饭的器具，自家烧了一个月饭，因为天冷了，他也懒得烧了。他每天的伙食，就一切包给了山脚下的园丁家包办，所以他近来只同退院的闲僧一样，除了怨人骂己之外，更没有别的事情了。

有一天早晨，他侵早的起来，把朝东的窗门开了之后，他看见前面的地平线上有几缕红云，在那里浮荡。东天半角，反照出一种银红的灰色。因为昨天下了一天微雨，所以他看了这清新的旭日，比平日更添了几分欢喜。他走到山的斜面上，从那古井里汲了水，洗了手面之后，觉得满身的气力，一霎时都回复了转来的样子。他便跑上楼去，拿了一本黄仲则的诗集下来，一边高声朗读，一边尽在那梅林的曲径里，跑来跑去的跑圈子。不多一会，太阳起来了。

从他住的山顶向南方看去，眼下看得出一大平原。平原里的稻田，都尚未收割起。金黄的谷色，以绀碧的天空作了背景，反映着一天太阳的晨光，那风景正同看密来（Millet）的田园清画一般。他觉得自家好像已经变了几千年前的原始基督教徒的样子，对了这自然的默示，他不觉笑起自家的气量狭小起来。

"饶赦了！饶赦了！你们世人得罪于我的地方，我都饶赦了你们罢，来，你们来，都来同我讲和罢！"手里拿着了那一本诗集，眼里浮着了两泓清泪，正对了那平原的秋色，呆呆的立在那里想这些事情的时候，他忽听见他的近边，有两人在那里低声的说：

"今晚上你一定要来的哩！"

这分明是男子的声音。

"我是非常想来的，但是恐怕……"

他听了这娇滴滴的女子的声音之后，好像是被电气贯穿了的样子，觉得自家的血液循环都停止了。原来他的身边有一丛长大的苇草生在那里，他立在苇草的右面，那一对男女，大约是在苇草的左面，所以他们两个还不晓得隔着苇草，有人站在那里。那男人又说：

"你心真好，请你今晚上来罢，我们到如今还没在被窝里睡过觉。"

"……"

他忽然听见两人的嘴唇，灼灼的好像在那里吮吸的样子。他同偷了食的野狗一样，就惊心吊胆的把身子屈倒去听了。

"你去死罢，你去死罢，你怎么会下流到这样的地步！"

他心里虽然如此的在那里痛骂自己，然而他那一双尖着的耳朵，却一言半语也不愿意遗漏，用了全副精神在那里听着。

地上的落叶索息索息的响了一下。

解衣带的声音。

男人嘶嘶的吐了几口气。

舌尖吮吸的声音。

女人半轻半重、断断续续的说：

"你！……你！……你快……快××罢。……别……别……别被人……被人看见了。"

他的面色，一霎时的变了灰色了。他的眼睛同火也似的红了起来。他的上颧骨同下颧骨呷呷的发起颤来。他再也站不住了。他想跑开去，但是他的两只脚，总不听他的话。他苦闷了一场，听听两人出去了之后，就同落水的猫狗一样，回到楼上房里去，拿出被窝来睡了。

<h1 style="text-align:center">七</h1>

他饭也不吃，一直在被窝里睡到午后四点钟的时候才起来。那时候夕阳洒满了远近。平原的彼岸的树林里，有一带苍烟，悠悠扬扬的笼罩在那里。他踉踉跄跄的走下了山，上了那一条自北趋南的大道，穿过了那平原，无头无绪的尽是向南的走去。走尽了平原，他已经到了神宫前的电车停留处了。那时候恰好从南面有一乘电车到来，他不知不觉就跳了上去，既不知道他究竟为什么要乘电车，也不知道这电车是往什么地方去的。

走了十五六分钟，电车停了，开车的教他换车，他就换了一乘车。走了二三十分钟，电车又停了，他听见说是终点了，他就走下来。他的前面就是筑港了。

前面一片汪洋的大海，横在午后的太阳光里，在那里微笑。超海而南有一发青山，隐隐的浮在透明的空气里。西边是一脉长堤，直驰到海湾的心里去。堤外有一处灯台，同巨人似的，立在那里。几艘空船和几只舢板，轻轻的在系着的地方浮荡。海中近岸的地方，有许多浮标，饱受了斜阳，红红的浮在那里。远处风来，带着几句单调的话声，既听不清楚是什么话，也不知道是从那里来的。

他在岸边上走来走去走了一会，忽听见那一边传过了一阵击磬的声来。他跑过去一看，原来是为唤渡船而发的。他立了一会，看有一只小火轮从对岸过来了。跟着了一个四五十岁的工人，他也进了那只小火轮去坐下了。

渡到东岸之后，上前走了几步，他看见靠岸有一家大庄子在那里。大门开得很大，庭内的假山花草，布置得楚楚可爱。他不问是非，就踱了进去。走不上几步，他忽听得前面家中有女人的娇声叫他说：

"请进来呀！"

他不觉惊了一下，就呆呆的站住了。他心里想：

"这大约就是卖酒食的人家，但是我听见说，这样的地方，总有妓女在那里的。"

一想到这里，他的精神就抖擞起来，好像是一桶冷水浇上身来的样子。他的面色立时变了。要想进去又不能进去，要想出来又不得出来；可怜他那同兔儿似的小胆，同猿猴似的淫心，竟把他陷到一个大大的难境里去了。

"进来呀！请进来呀！"

里面又娇滴滴的叫了起来，带着笑声。

"可恶东西，你们竟敢欺我胆小么？"

这样的怒了一下，他的面色更同火也似的烧了起来。咬紧了牙齿，把脚在地上轻轻的蹬了一蹬，他就捏了两个拳头，向前进去，好像是对了那几个年轻的侍女宣战的样子。但是他那青一阵红一阵的面色，和他的面上的微微儿在那里震动的筋肉，总隐藏不过。他走到那几个侍女的面前的时候，几乎要同小孩似的哭出来了。

"请上来！"

"请上来！"

他硬了头皮，跟了一个十七八岁的侍女走上楼去，那时候他的精神已经有些镇静下来了。走了几步，经过一条暗暗的夹道的时候，一阵恼人的花粉香气，同日本女人特有的一种肉的香味，和头发上的香油气息合作了一处，哼的扑上他的鼻孔来。他立刻觉得头晕起来，眼睛里看见了几颗火星，向后边跌也似的退了一步。他再定睛一看，只见他的前面黑暗暗的中间，有一长圆形的女人的粉面，堆着了微笑，在那里问他说：

"你！你还是上靠海的地方去呢，还是怎样？"

他觉得女人口里吐出来的气息，也热和和的喷上他的面来。他不知不觉把这气息深深的吸了一口。他的意识感觉到他这行为的时候，他的面色又立刻红了起来。他不得已只能含糊地答应她说：

"上靠海的房间里去。"

进了一间靠海的小房间，那侍女便问他要什么菜。他就回答说：

"随便拿几样来罢。"

"酒要不要？"

"要的。"

那侍女出去之后，他就站起来推开了纸窗，从外边放了一阵空气进来。因为房里的空气，沉浊得很，他刚才在夹道中闻过的那一阵女人的香味，还剩在那里，他实在是被这一阵气味压迫不过了。

一湾大海，静静的浮在他的面前。外边好像是起了微风的样子，一片一片的海浪，受了阳光的返照，同金鱼的鱼鳞似的，在那里微动。他立在窗前看了一会，低声的吟了一句诗出来：

"夕阳红上海边楼。"

他向西的一望，见太阳离西南的地平线只有一丈多高了。呆呆的看了一会，他的心思怎么也离不开刚才的那个侍女。她的口里的头上的面上的和身体上的那一种香味，怎么也不容他的心思去想别的东西。他才知道他想吟诗的心是假的，想女人的肉体的心是真的了。

停了一会，那侍女把酒菜搬了进来，跪坐在他的面前，亲亲热热的替他上酒。他心里想仔仔细细的看她一看，把他的心里的苦闷都告诉了她，然而他的眼睛怎么也不敢平视她一眼，他的舌根怎么也不能摇动一摇动。他不过同哑子一样，偷看看她那搁在膝上一双纤嫩的白手，同衣缝里露出来的一条粉红的围裙角。

原来日本的妇人都不穿裤子，身上贴肉只围着一条短短的围裙。外边就是一件长袖的衣服，衣服上也没有纽扣，腰里只缚着一条一尺多宽的带子，后面结着一个方结。她们走路的时候，前面的衣服每一步一步的掀开来，所以红色的围裙，同肥白的腿肉，每能偷看。这是日本女子特别的美处；他在路上遇见女子的时候，注意的就是这些地方。他切齿的痛骂自己，畜生！狗贼！卑怯的人！也便是这个时候。

他看了那侍女的围裙角，心头便乱跳起来。愈想同她说话，但愈觉得讲不出话来。大约那侍女是看得不耐烦起来了，便轻轻的问他说：

"你府上是什么地方？"

一听了这一句话，他那清瘦苍白的面上，又起了一层红色；含含糊糊的回答了一声，他讷讷的总说不出清晰的回话来。可怜他又站在断头台上了。

原来日本人轻视中国人，同我们轻视猪狗一样。日本人都叫中国人作"支那人"，这"支那人"三字，在日本，比我们骂人的"贼贼"还更难听，如今在一个如花的少女前头，他不得不自认说"我是支那人"了。

"中国呀中国，你怎么不强大起来！"

他全身发起抖来，他的眼泪又快滚下来了。

那侍女看他发颤发得厉害，就想让他一个人在那里喝酒，好教他把精神安镇安镇，所以对他说：

"酒就快没有了，我再去拿一瓶来罢？"

停了一会，他听得那侍女的脚步声又走上楼来。他以为她是上他这里来的，所以就把衣服整了一整，姿势改了一改。但是他被她欺骗了。她原来是领了两三个另外的客人，上间壁的那一间房间里去的。那两三个客人都在那里对那侍女取笑，那侍女也娇滴滴的说：

"别胡闹了，间壁还有客人在那里。"

他听了就立刻发起怒来。他心里骂他们说：

"狗才！俗物！你们都敢来欺侮我么？复仇复仇，我总要复你们的仇。世间那里有真心的女子！那侍女的负心东西，你竟敢把我丢了么？罢了罢了，我再也不爱女人了，我再也不爱女人了。我就爱我的祖国，我就把我的祖国当作了情人罢。"

他马上就想跑回去发愤用功。但是他的心里，却很羡慕那间壁的几个俗物。他的心里，还有一处地方在那里盼望那个侍女再回到他这里来。

他按住了怒，默默的喝干了几杯酒，觉得身上热起来。打开了窗门，他看太阳就快要下山去了。又连饮了几杯，他觉得他面前的海景都朦胧起来。西面堤外的灯台的黑影，长大了许多。一层茫茫的薄雾，把海天融混作了一处。在这一层浑沌不明的薄纱影里，西方的将落不落的太阳，好像在那里惜别的样子。他看了一会，不知道是什么缘故，只觉得好笑。呵呵的笑了一回，他用手擦擦自家那火热的双颊，便自言自语的说：

"醉了醉了！"

那侍女果然进来了。见他红了脸，立在窗口在那里痴笑，便问他说：

"窗开了这样大，你不冷的么？"

"不冷不冷，这样好的落照，谁舍得不看呢？"

"你真是一个诗人呀！酒拿来了。"

"诗人！我本来是一个诗人。你去把纸笔拿了来，我马上写首诗给你看看。"

那侍女出去了之后，他自家觉得奇怪起来。他心里想：

"我怎么会变了这样大胆的？"

痛饮了几杯新拿来的热酒，他更觉得快活起来，又禁不得呵呵笑了一阵。他听见间壁房间里的那几个俗物，高声的唱起日本歌来，他也放大了嗓子唱着道：


醉拍阑干酒意寒，江湖寥落又冬残。

剧怜鹦鹉中州骨，未拜长沙太傅官。

一饭千金图报易，几人五噫出关难。

茫茫烟水回头望，也为神州泪暗弹。


高声的念了几遍，他就在席上醉倒了。

# 八

一醉醒来，他看看自家睡在一条红绸的被里，被上有一种奇怪的香气。这一间房间也不很大，但已不是白天的那一间房间了。房中挂着一盏十烛光的电灯，枕头边上摆着了一壶茶，两只杯子。他倒了二三杯茶，喝了之后，就踉踉跄跄的走到房外去。他开了门，恰好白天的那侍女也跑过来了。她问他说：

"你！你醒了么？"

他点了一点头，笑微微的回答说：

"醒了。便所是在什么地方的？"

"我领你去罢。"

他就跟了她去。他走过日间的那条夹道的时候，电灯点得明亮得很。远近有许多歌唱的声音，三弦的声音，大笑的声音传到他耳朵里来。白天的情节，他都想出来了。一想到酒醉之后，他对那侍女说的那些话的时候，他觉得面上又发起烧来。

从厕所回到房里之后，他问那侍女说：

"这被是你的么？"

侍女笑着说：

"是的。"

"现在是什么时候了？"

"大约是八点四五十分的样子。"

"你去开了账来罢！"

“是。”

他付清了账，又拿了一张纸币给那侍女，他的手不觉微颤起来。那侍女说：

“我是不要的。”

他知道她是嫌少了。他的面色又涨红了，袋里摸来摸去，只有一张纸币了，他就拿了出来给她说：

“你别嫌少了，请你收了罢。”

他的手震动得更加厉害，他的话声也颤动起来了。那侍女对他看了一眼，就低声的说：

“谢谢！”

他一直的跑下了楼，套上了皮鞋，就走到外面来。

外面冷得非常，这一天大约是旧历的初八九的样子。半轮寒月，高挂在天空的左半边。淡青的圆形天盖里，也有几点疏星，散在那里。

他在海边上走了一回，看看远岸的渔灯，同鬼火似的在那里招引他。细浪中间，映着了银色的月光，好像是山鬼的眼波，在那里开闭的样子。不知是什么道理，他忽想跳入海里去死了。

他摸摸身边看，乘电车的钱也没有了。想想白天的事情看，他又不得不痛骂自己。

“我怎么会走上那样的地方去的？我已经变了一个最下等的人了。悔也无及，悔也无及。我就在这里死了罢。我所求的爱情，大约是求不到的了。没有爱情的生涯，岂不同死灰一样么？唉，这干燥的生涯，这干燥的生涯，世上的人又都在那里仇视我，欺侮我，连我自家的亲弟兄，自家的手足，都在那里排挤我到这世界外去。我将何以为生，我又何必生存在这多苦的世界里呢！”

想到这里，他的眼泪就连连续续的滴了下来。他那灰白的面色，竟同死人没有分别了。他也不举起手来揩揩眼泪，月光射到他的面上，两条泪线，倒变了叶上的朝露一样放起光来。他回转头来，看看他自家的又瘦又长的影子，就觉得心痛起来。

"可怜你这清影，跟了我二十一年，如今这大海就是你的葬身地了。我的身子，虽然被人家欺辱，我可不该累你也瘦弱到这步田地的。影子呀影子，你饶了我罢！"

他向西面一看，那灯台的光，一霎变了红一霎变了绿的在那里尽它的本职。那绿的光射到海面上的时候，海面就现出一条淡青的路来。再向西天一看，他只见西方青苍苍的天底下，有一颗明星，在那里摇动。

"那一颗摇摇不定的明星的底下，就是我的故国，也就是我的生地。我在那一颗星的底下，也曾送过十八个秋冬，我的乡土呵，我如今再也不能见你的面了。"

他一边走着，一边尽在那里自伤自悼的想这些伤心的哀话。走了一会，再向那西方的明星看了一眼，他的眼泪便同骤雨似的落下来了。他觉得四边的景物，都模糊起来。把眼泪揩了一下，立住了脚，长叹了一声，他便断断续续的说：

"祖国呀祖国！我的死是你害我的！

"你快富起来！强起来罢！

"你还有许多儿女在那里受苦呢！"

一九二一年五月九日改作

选自《沉沦》

上海泰东图书局 1921 年 10 月 15 日初版

## 作家的话 ◈

　　我的这抒情时代，是在那荒淫惨酷，军阀专权的岛国里过的。眼看到的故国的陆沉，身受到的异乡的屈辱，与夫所感所思，所经所历的一切，剔括起来没有一点不是失望，没有一处不是忧伤，同初丧了夫主的少妇一般，毫无气力，毫无勇毅，哀哀切切，悲鸣出来的，就是那一卷当时很惹起了许多非难的《沉沦》。

　　所以写《沉沦》的时候，在感情上是一点儿也没有勉强的影子映着的；我只觉得不得不写，又觉得只能照那么地写，什么技巧不技巧，词句不词句，都一概不管，正如人感到了痛苦的时候，不得不叫一声一样，又那能顾得这叫出来的一声，是低音还是高音？或者和那些在旁吹打着的乐器之音和洽不和洽呢？

　　　　　　　　　　《忏余独白——〈忏余集〉代序》

## 评论家的话 ◈

　　这集内所描写的是青年的现代的苦闷，似乎更为确实。生的意志与现实的冲突是这一切苦闷的基本；人不满足于现实，而复不肯遁于空虚，仍就这坚冷的现实之中，寻找其不可得的快乐与幸福。现代人的悲哀与传奇时代的不同者即在于此。理想与现实社会的冲突当然也是苦闷之一，但我相信他未必能完全独立，所以《南归》的主人公的没落与《沉沦》的主人公的忧郁病终究还是一物。著者在这个描写上实在是很成功了。所谓灵肉的冲突原只是说情欲与压迫的对抗，并不含有批判的意思，以为灵优而肉劣；……我们赏鉴这部小说的艺术地写出这个冲突，并不要他指点出那一面的胜利与其寓意。他的价值在于非意识的展览自己，艺术地写出升华的色情，这也就是真挚与普遍的所在。……

我临末要郑重的声明，《沉沦》是一件艺术的作品，但他是"受戒者的文学"（Literature for the initiated），而非一般人的读物。

仲密（周作人）：《沉沦》

# 鲁 迅

## 阿Q正传

### 第一章　序

　　我要给阿Q做正传,已经不止一两年了。但一面要做,一面又往回想,这足见我不是一个"立言"的人,因为从来不朽之笔,须传不朽之人,于是人以文传,文以人传——究竟谁靠谁传,渐渐的不甚了然起来,而终于归结到传阿Q,仿佛思想里有鬼似的。

　　然而要做这一篇速朽的文章,才下笔,便感到万分的困难了。第一是文章的名目。孔子曰,"名不正则言不顺"。这原是应该极注意的。传的名目很繁多:列传,自传,内传,外传,别传,家传,小传……而可惜都不合。"列传"么,这一篇并非和许多阔人排在"正史"里;"自传"么,我又并非就是阿Q。说是"外传","内传"在那里呢?倘用"内传",阿Q又决不是神仙。"别传"呢,阿Q实在未曾有大总统上谕宣付国史馆立"本传"——虽说英国正史上并无"博徒列传",而文豪迭更司也做过《博徒别传》这一部书,但文豪则可，在我辈却不可的。其次是"家传"，则我既不知与阿Q是否同宗，也未曾受他子孙的拜托；或"小传"，则阿Q又更无别的"大传"了。总而言之，这一篇也便是"本传"，但从我的文章着想，因为文体卑下，是"引车卖浆者流"所用的话，所以不敢僭称，便从不入三教九流的小说家所谓"闲话休题言归正传"这一句套话里，取出"正传"两个字来，作为名目，即使与古人所撰《书法正传》的"正传"字面上很相混，也顾不得了。

第二，立传的通例，开首大抵该是"某，字某，某地人也"，而我并不知道阿Q姓什么。有一回，他似乎是姓赵，但第二日便模糊了。那是赵太爷的儿子进了秀才的时候，锣声镗镗的报到村里来，阿Q正喝了两碗黄酒，便手舞足蹈的说，这于他也很光彩，因为他和赵太爷原来是本家，细细的排起来他还比秀才长三辈呢。其时几个旁听人倒也肃然的有些起敬了。那知道第二天，地保便叫阿Q到赵太爷家里去；太爷一见，满脸溅朱，喝道：

"阿Q，你这浑小子！你说我是你的本家么？"

阿Q不开口。

赵太爷愈看愈生气了，抢进几步说："你敢胡说！我怎么会有你这样的本家？你姓赵么？"

阿Q不开口，想往后退了；赵太爷跳过去，给了他一个嘴巴。

"你怎么会姓赵！——你那里配姓赵！"

阿Q并没有抗辩他确凿姓赵，只用手摸着左颊，和地保退出去了；外面又被地保训斥了一番，谢了地保二百文酒钱。知道的人都说阿Q太荒唐，自己去招打；他大约未必姓赵，即使真姓赵，有赵太爷在这里，也不该如此胡说的。此后便再没有人提起他的氏族来，所以我终于不知道阿 Q 究竟什么姓。

第三，我又不知道阿 Q 的名字是怎么写的。他活着的时候，人都叫他阿 Quei，死了以后，便没有一个人再叫阿 Quei 了，那里还会有"著之竹帛"的事。若论"著之竹帛"，这篇文章要算第一次，所以先遇着了这第一个难关。我曾经仔细想：阿 Quei，阿桂还是阿贵呢？倘使他号叫月亭，或者在八月间做过生日，那一定是阿桂了；而他既没有号——也许有号，只是没有人知道他——又未尝散过生日征文的帖子：写作阿桂，是武断的。又倘若他有一位老兄或令弟叫阿富，那一定是阿贵了；而他又只是一个人：写作阿贵，也没有佐证的。其余音 Quei 的偏僻字样，更加凑不上了。先前，我也曾问过赵太爷的儿子茂才先生，谁料博雅如此公，竟也茫然，但据结论说，是因为陈独秀办了《新青年》提倡洋字，所以国粹沦亡，无可查考了。我的最后的手段，只有托一个同乡去查阿 Q 犯事的案卷，八个月之后才有回信，说案卷里并无与阿 Quei 的声音相近的人。我虽不知道是真没有，还是没有查，然而也再没有别的方法了。生怕注音字母还未通行，只好用了"洋字"，照英国流行的拼法写他为阿 Quei，略作阿 Q。这近于盲从《新青年》，自己也很抱歉，但茂才公尚且不知，我还有什么好办法呢。

第四，是阿 Q 的籍贯了。倘他姓赵，则据现在好称郡望的老例，可以照《郡名百家姓》上的注解，说是"陇西天水人也"，但可惜这姓是不甚可靠的，因此籍贯也就有些决不定。他虽然多住未庄，然而也常常宿在别处，不能说是未庄人，即使说是"未庄人也"，也仍然有乖史法的。

我所聊以自慰的，是还有一个"阿"字非常正确，绝无附会假借的缺点，颇可以就正于通人。至于其余，却都非浅学所能穿凿，只希望有"历史癖与考据癖"的胡适之先生的门人们，将来或者能够寻出许多新端绪来，但是我这《阿Q正传》到那时却又怕早经消灭了。

以上可以算是序。

## 第二章　优胜记略

阿Q不独是姓名籍贯有些渺茫，连他先前的"行状"也渺茫。因为未庄的人们之于阿Q，只要他帮忙，只拿他玩笑，从来没有留心他的"行状"的。而阿Q自己也不说，独有和别人口角的时候，间或瞪着眼睛道：

"我们先前——比你阔的多啦！你算是什么东西！"

阿Q没有家，住在未庄的土谷祠里；也没有固定的职业，只给人家做短工，割麦便割麦，舂米便舂米，撑船便撑船。工作略长久时，他也或住在临时主人的家里，但一完就走了。所以，人们忙碌的时候，也还记起阿Q来，然而记起的是做工，并不是"行状"；一闲空，连阿Q都早忘却，更不必说"行状"了。只是有一回，有一个老头子颂扬说："阿Q真能做！"这时阿Q赤着膊，懒洋洋的瘦伶仃的正在他面前，别人也摸不着这话是真心还是讥笑，然而阿Q很喜欢。

阿Q又很自尊，所有未庄的居民，全不在他眼睛里，甚而至于对于两位"文童"也有以为不值一笑的神情。夫文童者，将来恐怕要变秀才者也；赵太爷钱太爷大受居民的尊敬，除有钱之外，就因为都是文童的爹爹，而阿Q在精神上独不表格外的崇奉，他想：我的儿子会阔得多啦！加以进了几回城，阿Q自然更自负，然而他又很鄙薄城里人，譬如用三尺长三寸宽的木板做成的凳子，未庄叫"长凳"，他也叫"长凳"，城里人却叫"条凳"，他想：这是错的，可笑！油煎大头鱼，未庄都加上半寸长的葱叶，城里却加上切细的葱丝，他想：这也是错的，可笑！然而未庄人真是不见世面的可笑的乡下人呵，他们没有见过城里的煎鱼！

阿Q"先前阔"，见识高，而且"真能做"，本来几乎是一个"完人"了，但可惜他体质上还有一些缺点。最恼人的是在他头皮上，颇有几处不知起于何时的癞疮疤。这虽然也在他身上，而看阿Q的意思，倒也似乎以为不足贵的，因为他讳说"癞"以及一切近于"赖"的音，后来推而广之，"光"也讳，"亮"也讳，再后来，连"灯""烛"都讳了。一犯讳，不问有心与无心，阿Q便全疤通红的发起怒来，估量了对手，口讷的他便骂，气力小的他便打；然而不知怎么一回事，总还是阿Q吃亏的时候多。于是他渐渐的变换了方针，大抵改为怒目而视了。

谁知道阿Q采用怒目主义之后，未庄的闲人们便愈喜欢玩笑他。一见面，他们便假作吃惊的说：

"哙，亮起来了。"

阿Q照例的发了怒，他怒目而视了。

"原来有保险灯在这里！"他们并不怕。

阿Q没有法，只得另外想出报复的话来：

"你还不配……"这时候，又仿佛在他头上的是一种高尚的光荣的癞头疮，并非平常的癞头疮了；但上文说过，阿Q是有见识的，他立刻知道和"犯忌"有点抵触，便不再往底下说。

闲人还不完，只撩他，于是终而至于打。阿Q在形式上打败了，被人揪住黄辫子，在壁上碰了四五个响头，闲人这才心满意足的得胜的走了，阿Q站了一刻，心里想：我总算被儿子打了，现在的世界真不像样……于是也心满意足的得胜的走了。

阿Q想在心里的，后来每每说出口来，所以凡有和阿Q玩笑的人们，几乎全知道他有这一种精神上的胜利法，此后每逢揪住他黄辫子的时候，人就先一着对他说：

"阿Q，这不是儿子打老子，是人打畜生。自己说：人打畜生！"

阿Q两只手都捏住了自己的辫根，歪着头，说道：

"打虫豸，好不好？我是虫豸——还不放么？"

但虽然是虫豸，闲人也并不放，仍旧在就近什么地方给他碰了五六个响头，这才心满意足的得胜的走了，他以为阿Q这回可遭了瘟。然而不到十秒钟，阿Q也心满意足的得胜的走了，他觉得他是第一个能够自轻自贱的人，除了"自轻自贱"不算外，余下的就是"第一个"。状元不也是"第一个"么？"你算是什么东西"呢？！

阿Q以如是等等妙法克服怨敌之后，便愉快的跑到酒店里喝几碗酒，又和别人调笑一通，口角一通，又得了胜，愉快的回到土谷祠，放倒头睡着了。假使有钱，他便去押牌宝，一堆人蹲在地面上，阿Q即汗流满面的夹在这中间。声音他最响：

"青龙四百！"

"咳……开……啦！"桩家揭开盒子盖，也是汗流满面的唱"天门啦……角回啦……！人和穿堂空在那里啦……！阿Q的铜钱拿过来……！"

"穿堂一百——一百五十!"

阿Q的钱便在这样的歌吟之下,渐渐的输入别个汗流满面的人物的腰间。他终于只好挤出堆外,站在后面看,替别人着急,一直到散场,然后恋恋的回到土谷祠,第二天,肿着眼睛去工作。

但真所谓"塞翁失马安知非福"罢,阿Q不幸而赢了一回,他倒几乎失败了。

这是未庄赛神的晚上。这晚上照例有一台戏,戏台左近,也照例有许多的赌摊。做戏的锣鼓,在阿Q耳朵里仿佛在十里之外;他只听得桩家的歌唱了。他赢而又赢,铜钱变成角洋,角洋变成大洋,大洋又成了叠。他兴高采烈得非常:

"天门两块!"

他不知道谁和谁为什么打起架来了。骂声打声脚步声,昏头昏脑的一大阵,他才爬起来,赌摊不见了,人们也不见了,身上有几处很似乎有些痛,似乎也挨了几拳几脚似的,几个人诧异的对他看。他如有所失的走进土谷祠,定一定神,知道他的一堆洋钱不见了。赶赛会的赌摊多不是本村人,还到那里去寻根柢呢?

很白很亮的一堆洋钱!而且是他的——现在不见了!说是算被儿子拿去了罢,总还是忽忽不乐;说自己是虫豸罢,也还是忽忽不乐:他这回才有些感到失败的苦痛了。

但他立刻转败为胜了。他擎起右手,用力的在自己脸上连打了两个嘴巴,热刺刺的有些痛;打完之后,便心平气和起来,似乎打的是自己,被打的是别一个自己,不久也就仿佛是自己打了别人一般——虽然还有些热刺刺——心满意足的得胜的躺下了。

他睡着了。

# 第三章　续优胜记略

然而阿 Q 虽然常优胜，却直待蒙赵太爷打他嘴巴之后，这才出了名。

他付过地保二百文酒钱，愤愤的躺下了，后来想："现在的世界太不成话，儿子打老子……"于是忽而想到赵太爷的威风，而现在是他的儿子了，便自己也渐渐的得意起来，爬起身，唱着《小孤孀上坟》到酒店去。这时候，他又觉得赵太爷高人一等了。

说也奇怪，从此之后，果然大家也仿佛格外尊敬他。这在阿 Q，或者以为因为他是赵太爷的父亲，而其实也不然。未庄通例，倘如阿七打阿八，或者李四打张三，向来本不算一件事，必须与一位名人如赵太爷者相关，这才载上他们的口碑。一上口碑，则打的既有名，被打的也就托庇有了名。至于错在阿 Q，那自然是不必说。所以者何？就因为赵太爷是不会错的。但他既然错，为什么大家又仿佛格外尊敬他呢？这可难解，穿凿起来说，或者因为阿 Q 说是赵太爷的本家，虽然挨了打，大家也还怕有些真，总不如尊敬一些稳当。否则，也如孔庙里的太牢一般，虽然与猪羊一样，同是畜生，但既经圣人下箸，先儒们便不敢妄动了。

阿 Q 此后倒得意了许多年。

有一年的春天，他醉醺醺的在街上走，在墙根的日光下，看见王胡在那里赤着膊捉虱子，他忽然觉得身上也痒起来了。这王胡，又癞又胡，别人都叫他王癞胡，阿 Q 却删去了一个癞字，然而非常渺视他。阿Q的意思，以为癞是不足为奇的，只有这一部络腮胡子，实在太新奇，令人看不上眼。他于是并排坐下去了，倘是别的闲人们，阿Q本不敢大意坐下去。但这王胡旁边，他有什么怕呢？老实说：他肯坐下去，简直还是抬举他。

阿Q也脱下破夹袄来，翻检了一回，不知道因为新洗呢还是因为粗心，许多工夫，只捉到三四个。他看那王胡，却是一个又一个，两个又三个，只放在嘴里毕毕剥剥的响。

阿Q最初是失望，后来却不平了：看不上眼的王胡尚且那么多，自己倒反这样少，这是怎样的大失体统的事呵！他很想寻一两个大的，然而竟没有，好容易才捉到一个中的，恨恨的塞在厚嘴唇里，狠命一咬，劈的一声，又不及王胡响。

他癞疮疤块块通红了，将衣服摔在地上，吐一口唾沫，说：

"这毛虫！"

"癞皮狗，你骂谁？"王胡轻蔑的抬起眼来说。

阿Q近来虽然比较的受人尊敬，自己也更高傲些，但和那些打惯的闲人们见面还胆怯，独有这回却非常武勇了。这样满脸胡子的东西，也敢出言无状么？

"谁认便骂谁！"他站起来，两手叉在腰间说。

"你的骨头痒了么？"王胡也站起来，披上衣服说。

阿Q以为他要逃了，抢进去就是一拳。这拳头还未达到身上，已经被他抓住了，只一拉，阿Q跄跄踉踉的跌进去，立刻又被王胡扭住了辫子，要拉到墙上照例去碰头。

"'君子动口不动手'！"阿Q歪着头说。

王胡似乎不是君子，并不理会，一连给他碰了五下，又用力的一推，至于阿Q跌出六尺多远，这才满足的去了。

在阿Q的记忆上，这大约要算是生平第一件的屈辱，因为王胡以络腮胡子的缺点，向来只被他奚落，从没有奚落他，更不必说动手了。而他现在竟动手，很意外，难道真如市上所说，皇帝已经停了考，不要秀才和举人了，因此赵家减了威风，因此他们也便小觑了他么？

阿Q无可适从的站着。

远远的走来了一个人，他的对头又到了，这也是阿Q最厌恶的一个人，就是钱太爷的大儿子。他先前跑上城里去进洋学堂，不知怎么又跑到东洋去了，半年之后他回到家里来，腿也直了，辫子也不见了，他的母亲大哭了十几场，他的老婆跳了三回井。后来，他的母亲到处说："这辫子是被坏人灌醉了酒剪去的。本来可以做大官，现在只好等留长再说了。"然而阿Q不肯信，偏称他"假洋鬼子"，也叫作"里通外国的人"，一见他，一定在肚子里暗暗的咒骂。

阿Q尤其"深恶而痛绝之"的，是他的一条假辫子。辫子而至于假，就是没有了做人的资格；他的老婆不跳第四回井，也不是好女人。

这"假洋鬼子"近来了。

"秃儿。驴……"阿Q历来本只在肚子里骂，没有出过声，这回因为正气愤，因为要报仇，便不由的轻轻的说出来了。

不料这秃儿却拿着一支黄漆的棍子——就是阿Q所谓哭丧棒——大踏步走了过来。阿Q在这刹那，便知道大约要打了，赶紧抽紧筋骨，耸了肩膀等候着，果然，拍的一声，似乎确凿打在自己头上了。

"我说他!"阿Q指着近旁的一个孩子,分辩说。

拍!拍拍!

在阿Q的记忆上,这大约要算是生平第二件的屈辱。幸而拍拍的响了之后,于他倒似乎完结了一件事,反而觉得轻松些,而且"忘却"这一件祖传的宝贝也发生了效力,他慢慢的走,将到酒店门口,早已有些高兴了。

但对面走来了静修庵里的小尼姑。阿Q便在平时,看见伊也一定要唾骂,而况在屈辱之后呢?他于是发生了回忆,又发生了敌忾了。

"我不知道我今天为什么这样晦气,原来就因为见了你!"他想。

他迎上去,大声的吐一口唾沫:

"咳,呸!"

小尼姑全不睬,低了头只是走。阿Q走近伊身旁,突然伸出手去摩着伊新剃的头皮,呆笑着,说:

"秃儿!快回去,和尚等着你……"

"你怎么动手动脚……"尼姑满脸通红的说,一面赶快走。

酒店里的人大笑了。阿Q看见自己的勋业得了赏识,便愈加兴高采烈起来:

"和尚动得,我动不得?"他扭住伊的面颊。

酒店里的人大笑了。阿Q更得意,而且为满足那些赏鉴家起见,再用力的一拧,才放手。

他这一战,早忘却了王胡,也忘却了假洋鬼子,似乎对于今天的一切"晦气"都报了仇;而且奇怪,又仿佛全身比拍拍的响了之后更轻松,飘飘然的似乎要飞去了。

"这断子绝孙的阿Q!"远远地听得小尼姑的带哭的声音。

"哈哈哈!"阿Q十分得意的笑。

"哈哈哈!"酒店里的人也九分得意的笑。

## 第四章　恋爱的悲剧

有人说:有些胜利者,愿意敌手如虎,如鹰,他才感得胜利的欢喜;假使如羊,如小鸡,他便反觉得胜利的无聊。又有些胜利者,当克服一切之后,看见死的死了,降的降了,"臣诚惶诚恐死罪死罪",他于是没有了敌人,没有了对手,没有了朋友,只有自己在上,一个,孤另另,凄凉,寂寞,便反而感到了胜利的悲哀。然而我们的阿Q却没有这样乏,他是永远得意的:这或者也是中国精神文明冠于全球的一个证据了。

看哪,他飘飘然的似乎要飞去了!

然而这一次的胜利,却又使他有些异样。他飘飘然的飞了大半天,飘进土谷祠,照例应该躺下便打鼾。谁知道这一晚,他很不容易合眼,他觉得自己的大拇指和第二指有点古怪:仿佛比平常滑腻些。不知道是小尼姑的脸上有一点滑腻的东西粘在他指上,还是他的指头在小尼姑脸上摩得滑腻了?……

"断子绝孙的阿Q!"

阿Q的耳朵里又听到这句话。他想:不错,应该有一个女人,断子绝孙便没有人供一碗饭,……应该有一个女人。夫"不孝有三无后为大",而"若敖之鬼馁而",也是一件人生的大哀,所以他那

176

思想，其实是样样合于圣经贤传的，只可惜后来有些"不能收其放心"了。

"女人，女人！……"他想。

"……和尚动得……女人，女人！……女人！"他又想。

我们不能知道这晚上阿Q在什么时候才打鼾。但大约他从此总觉得指头有些滑腻，所以他从此总有些飘飘然："女……"他想。

即此一端，我们便可以知道女人是害人的东西。

中国的男人，本来大半都可以做圣贤，可惜全被女人毁掉了。商是妲己闹亡的；周是褒姒弄坏的；秦……虽然史无明文，我们也假定他因为女人，大约未必十分错；而董卓可是的确给貂蝉害死了。

阿Q本来也是正人，我们虽然不知道他曾蒙什么明师指授过，但他对于"男女之大防"却历来非常严；也很有排斥异端——如小尼姑及假洋鬼子之类——的正气。他的学说是：凡尼姑，一定与和尚私通；一个女人在外面走，一定想引诱野男人；一男一女在那里讲话，一定要有勾当了。为惩治他们起见，所以他往往怒目而视，或者大声说几句"诛心"话，或者在冷僻处，便从后面掷一块小石头。

谁知道他将到"而立"之年，竟被小尼姑害得飘飘然了。这飘飘然的精神，在礼教上是不应该有的。——所以女人真可恶，假使小尼姑的脸上不滑腻，阿Q便不至于被蛊，又假使小尼姑的脸上盖一层布，阿Q便也不至于被蛊了——他五六年前，曾在戏台下的人丛中拧过一个女人的大腿，但因为隔一层裤，所以此后并不飘飘然——而小尼姑并不然，这也足见异端之可恶。

"女……"阿Q想。

他对于以为"一定想引诱野男人"的女人，时常留心看，然而伊并不对他笑。他对于和他讲话的女人，也时常留心听，然而伊又并不提起关于什么勾当的话来。哦，这也是女人可恶之一节：伊们全都要装"假正经"的。

这一天，阿Q在赵太爷家里舂了一天米，吃过晚饭，便坐在厨房里吸旱烟。倘在别家，吃过晚饭本可以回去的了，但赵府上晚饭早，虽说定例不准掌灯，一吃完便睡觉，然而偶然也有一些例外：其一，是赵太爷未进秀才的时候，准其点灯读文章；其二，便是阿Q来做短工的时候，准其点灯舂米。因为这一条例外，所以阿Q在动手舂米之前，还坐在厨房里吸旱烟。

吴妈，是赵太爷家里唯一的女仆，洗完了碗碟，也就在长凳上坐下了，而且和阿Q谈闲天：

"太太两天没有吃饭哩，因为老爷要买一个小的……"

"女人……吴妈……这小孤孀……"阿Q想。

"我们的少奶奶是八月里要生孩子了……"

"女人……"阿Q想。

阿Q放下烟管，站了起来。

"我们的少奶奶……"吴妈还唠叨说。

"我和你困觉，我和你困觉！"阿Q忽然抢上去，对伊跪下了。

一刹时中很寂然。

"阿呀！"吴妈愣了一息，突然发抖，大叫着往外跑，且跑且嚷，似乎后来带哭了。

阿Q对了墙壁跪着也发愣，于是两手扶着空板凳，慢慢的站起来，仿佛觉得有些糟。他这时确也有些志忑了，慌张的将烟管插在裤带上，就想去舂米。嘭的一声，头上着了很粗的一下，他急忙回转身去，那秀才便拿了一支大竹杠站在他面前。

"你反了，……你这……"

大竹杠又向他劈下来了。阿Q两手去抱头，拍的正打在指节上，这可很有一些痛。他冲出厨房门，仿佛背上又着了一下似的。

"忘八蛋！"秀才在后面用了官话这样骂。

阿Q奔入舂米场，一个人站着，还觉得指头痛，还记得"忘八蛋"，因为这话是未庄的乡下人从来不用，专是见过官府的阔人用的，所以格外怕，而印象也格外深。但这时，他那"女……"的思想却也没有了。而且打骂之后，似乎一件事也已经收束，倒反觉得一无挂碍似的，便动手去舂米。舂了一会，他热起来了，又歇了手脱衣服。

脱下衣服的时候，他听得外面很热闹，阿Q生平本来最爱看热闹，便即寻声走出去了。寻声渐渐的寻到赵太爷的内院里，虽然在昏黄中，却辨得出许多人，赵府一家连两日不吃饭的太太也在内，还有间壁的邹七嫂，真正本家的赵白眼，赵司晨。

少奶奶正拖着吴妈走出下房来，一面说：

"你到外面来，……不要躲在自己房里想……"

"谁不知道你正经，……短见是万万寻不得的。"邹七嫂也从旁说。

吴妈只是哭，夹些话，却不甚听得分明。

阿Q想："哼，有趣，这小孤孀不知道闹着什么玩意儿了？"他想打听，走近赵司晨的身边。这时他猛然间看见赵太爷向他奔来，而且手里捏着一支大竹杠。他看见这一支大竹杠，便猛然间悟到自己曾经被打，和这一场热闹似乎有点相关。他翻身便走，想逃回舂米场，不图这支竹杠阻了他的去路，于是他又翻身便走，自然而然的走出后门，不多工夫，已在土谷祠内了。

阿Q坐了一会，皮肤有些起栗，他觉得冷了，因为虽在春季，而夜间颇有余寒，尚不宜于赤膊。他也记得布衫留在赵家，但倘若去取，又深怕秀才的竹杠。然而地保进来了。

"阿Q，你的妈妈的！你连赵家的用人都调戏起来，简直是造反。害得我晚上没有觉睡，你的妈妈的！……"

如是云云的教训了一通，阿Q自然没有话。临末，因为在晚上，应该送地保加倍酒钱四百文，阿Q正没有现钱，便用一顶毡帽做抵押，并且订定了五条件：

一　明天用红烛——要一斤重的——一对，香一封，到赵府上去赔罪。

二　赵府上请道士被除缢鬼，费用由阿Q负担。

三　阿Q从此不准踏进赵府的门槛。

四　吴妈此后倘有不测，惟阿Q是问。

五　阿Q不准再去索取工钱和布衫。

阿Q自然都答应了，可惜没有钱。幸而已经春天，棉被可以无用，便质了二千大钱，履行条约。赤膊磕头之后，居然还剩几文，他也不再赎毡帽，统统喝了酒了。但赵家也并不烧香点烛，因为太太拜佛的时候可以用，留着了。那破布衫是大半做了少奶奶八月间生下来的孩子的衬尿布，那小半破烂的便都做了吴妈的鞋底。

## 第五章　生计问题

阿Q礼毕之后，仍旧回到土谷祠，太阳下去了，渐渐觉得世上有些古怪。他仔细一想，终于省悟过来：其原因盖在自己的赤膊。他记得破夹袄还在，便披在身上，躺倒了，待张开眼睛，原来太阳又已经照在西墙上头了。他坐起身，一面说道，"妈妈的……"

他起来之后，也仍旧在街上逛，虽然不比赤膊之有切肤之痛，却又渐渐的觉得世上有些古怪了。仿佛从这一天起，未庄的女人们忽然都怕了羞，伊们一见阿Q走来，便个个躲进门里去。甚而至于将近五十岁的邹七嫂，也跟着别人乱钻，而且将十一岁的女儿都叫进去了。阿Q很以为奇，而且想："这些东西忽然都学起小姐模样来了。这娼妇们……"

但他更觉得世上有些古怪，却是许多日以后的事。其一，酒店不肯赊欠了；其二，管土谷祠的老头子说些废话，似乎叫他走；其三，他虽然记不清多少日，但确乎有许多日，没有一个人来叫他做短工。酒店不赊，熬着也罢了；老头子催他走，噜苏一通也就算了；只是没有人来叫他做短工，却使阿Q肚子饿：这委实是一件非常"妈妈的"的事情。

阿Q忍不下去了，他只好到老主顾的家里去探问——但独不许踏进赵府的门槛——然而情形也异样：一定走出一个男人来，现了十分烦厌的相貌，像回复乞丐一般的摇手道：

"没有没有！你出去！"

阿 Q 愈觉得稀奇了。他想，这些人家向来少不了要帮忙，不至于现在忽然都无事，这总该有些蹊跷在里面了。他留心打听，才知道他们有事都去叫小 Don。这小 D，是一个穷小子，又瘦又乏，在阿 Q 的眼睛里，位置是在王胡之下的，谁料这小子竟谋了他的饭碗去。所以阿 Q 这一气，更与平常不同，当气愤愤的走着的时候，忽然将手一扬，唱道：

"我手执钢鞭将你打！……"

几天之后，他竟在钱府的照壁前遇见了小 D。"仇人相见分外眼明"，阿 Q 便迎上去，小 D 也站住了。

"畜生！"阿 Q 怒目而视的说，嘴角上飞出唾沫来。

"我是虫豸，好么？……"小 D 说。

这谦逊反使阿 Q 更加愤怒起来，但他手里没有钢鞭，于是只得扑上去，伸手去拔小 D 的辫子。小 D 一手护住了自己的辫根，一手也来拔阿 Q 的辫子，阿 Q 便也将空着的一只手护住了自己的辫根。从先前的阿 Q 看来，小 D 本来是不足齿数的，但他近来挨了饿，又瘦又乏已经不下于小 D，所以便成了势均力敌的现象，四只手拔着两颗头，都弯了腰，在钱家粉墙上映出一个蓝色的虹形，至于半点钟之久了。

"好了，好了！"看的人们说，大约是解劝的。

"好，好！"看的人们说，不知道是解劝，是颂扬，还是煽动。

然而他们都不听。阿 Q 进三步，小 D 便退三步，都站着；小 D 进三步，阿 Q 便退三步，又都站着。大约半点钟——未庄少有自鸣钟，所以很难说，或者二十分——他们的头发里便都冒烟，额上便都流汗，阿 Q 的手放松了，在同一瞬间，小 D 的手也正放松了，同时直起，同时退开，都挤出人丛去。

"记着罢，妈妈的……"阿 Q 回过头去说。

"妈妈的，记着罢……"小 D 也回过头来说。

这一场"龙虎斗"似乎并无胜败，也不知道看的人可满足，都没有发什么议论，而阿 Q 却仍然没有人来叫他做短工。

有一日很温和，微风拂拂的颇有些夏意了，阿 Q 却觉得寒冷起来，但这还可担当，第一倒是肚子饿。棉被，毡帽，布衫，早已没有了，其次就卖了棉袄；现在有裤子，却万不可脱的；有破夹袄，又除了送人做鞋底之外，决定卖不出钱。他早想在路上拾得一注钱，但至今还没有见；他想在自己的破屋里忽然寻到一注钱，慌张的四顾，但屋内是空虚而且了然。于是他决计出门求食去了。

他在路上走着要"求食"，看见熟识的酒店，看见熟识的馒头，但他都走过了，不但没有暂停，而且并不想要。他所求的不是这类东西了；他求的是什么东西，他自己不知道。

未庄本不是大村镇，不多时便走尽了。村外多是水田，满眼是新秧的嫩绿，夹着几个圆形的活动的黑点，便是耕田的农夫。阿 Q 并不赏鉴这田家乐，却只是走，因为他直觉的知道这与他的"求食"之道是很辽远的。但他终于走到静修庵的墙外了。

庵周围也是水田，粉墙突出在新绿里，后面的低土墙里是菜园。阿 Q 迟疑了一会，四面一看，并没有人。他便爬上这矮墙去，扯着何首乌藤，但泥土仍然簌簌的掉，阿 Q 的脚也索索的抖；终于攀着桑树枝，跳到里面了。里面真是郁郁葱葱，但似乎并没有黄酒馒头，以及此外可吃的之类。靠西墙是竹丛，下面许多笋，只可惜都是并未煮熟的，还有油菜早经结子，芥菜已将开花，小白菜也很老了。

阿 Q 仿佛文童落第似的觉得很冤屈，他慢慢走近园门去，忽而非常惊喜了，这分明是一畦老萝卜。他于是蹲下便拔，而门口突然伸出一个很圆的头来，又即缩回去了，这分明是小尼姑。小尼姑之流是阿Q本来视若草芥的，但世事须"退一步想"，所以他便赶紧拔起四个萝卜，拧下青叶，兜在大襟里。然而老尼姑已经出来了。

"阿弥陀佛，阿Q，你怎么跳进园里来偷萝卜！……阿呀，罪过呵，阿唷，阿弥陀佛！……"

"我什么时候跳进你的园里来偷萝卜？"阿Q且看且走的说。

"现在……这不是？"老尼姑指着他的衣兜。

"这是你的？你能叫得他答应你么？你……"

阿Q没有说完话，拔步便跑；追来的是一匹很肥大的黑狗。这本来在前门的，不知怎的到后园来了。黑狗哼而且追，已经要咬着阿Q的腿，幸而从衣兜里落下一个萝卜来，那狗给一吓，略略一停，阿Q已经爬上桑树，跨到土墙，连人和萝卜都滚出墙外面了。只剩着黑狗还在对着桑树嗥，老尼姑念着佛。

阿Q怕尼姑又放出黑狗来，拾起萝卜便走，沿路又捡了几块小石头，但黑狗却并不再出现。阿Q于是抛了石块，一面走一面吃，而且想道，这里也没有什么东西寻，不如进城去……

待三个萝卜吃完时，他已经打定了进城的主意了。


第六章　从中兴到末路


在未庄再看见阿Q出现的时候，是刚过了这年的中秋。人们都惊异，说是阿Q回来了，于是又回上去想道，他先前那里去了呢？

阿Q前几回的上城，大抵早就兴高采烈的对人说，但这一次却并不，所以也没有一个人留心到。他或者也曾告诉过管土谷祠的老头子，然而未庄老例，只有赵太爷钱太爷和秀才大爷上城才算一件事。假洋鬼子尚且不足数，何况是阿Q：因此老头子也就不替他宣传，而未庄的社会上也就无从知道了。

但阿Q这回的回来，却与先前大不同，确乎很值得惊异。天色将黑，他睡眼蒙胧的在酒店门前出现了，他走近柜台，从腰间伸出手来，满把是银的和铜的，在柜上一扔说，"现钱！打酒来！"穿的是新夹袄，看去腰间还挂着一个大褡裢，沉钿钿的将裤带坠成了很弯很弯的弧线。未庄老例，看见略有些醒目的人物，是与其慢也宁敬的，现在虽然明知道是阿Q，但因为和破夹袄的阿Q有些两样了，古人云，"士别三日便当刮目相待"，所以堂倌，掌柜，酒客，路人，便自然显出一种疑而且敬的形态来。掌柜既先之以点头，又继之以谈话：

"嚄，阿Q，你回来了！"

"回来了。"

"发财发财，你是——在……"

"上城去了！"

这一件新闻，第二天便传遍了全未庄。人人都愿意知道现钱和新夹袄的阿Q的中兴史，所以在酒店里，茶馆里，庙檐下，便渐渐的探听出来了。这结果，是阿Q得了新敬畏。

据阿Q说，他是在举人老爷家里帮忙。这一节，听的人都肃然了。这老爷本姓白，但因为合城里只有他一个举人，所以不必再冠姓，说起举人来就是他。这也不独在未庄是如此，便是一百里方圆之内也都如此，人们几乎多以为他的姓名就叫举人老爷的了。在这人的府上帮忙，那当然是可敬的。但据阿Q又说，他却不高兴再帮忙了，因为这举人老爷实在太"妈妈的"了。这一节，听的人都叹息而且快意，因为阿Q本不配在举人老爷家里帮忙，而不帮忙是可惜的。

据阿Q说，他的回来，似乎也由于不满意城里人，这就在他们将长凳称为条凳，而且煎鱼用葱丝，加以最近观察所得的缺点，是女人的走路也扭得不很好。然而也偶有大可佩服的地方，即如未庄的乡下人不过打三十二张的竹牌，只有假洋鬼子能够叉"麻酱"，城里却连小乌龟子都叉得精熟的。什么假洋鬼子，只要放在城里的十几岁的小乌龟子的手里，也就立刻是"小鬼见阎王"。这一节，听的人都赧然了。

"你们可看见过杀头么？"阿Q说，"咳，好看。杀革命党。唉，好看好看……"他摇摇头，将唾沫飞在正对面的赵司晨的脸上。这一节，听的人都凛然了。但阿Q又四面一看，忽然扬起右手，照着伸长脖子听得出神的王胡的后项窝上直劈下去道：

"嚓！"

王胡惊得一跳，同时电光石火似的赶快缩了头，而听的人又都悚然而且欣然了。从此王胡瘟头瘟脑的许多日，并且再不敢走近阿Q的身边；别的人也一样。

阿Q这时在未庄人眼睛里的地位，虽不敢说超过赵太爷，但谓之差不多，大约也就没有什么语病的了。

然而不多久，这阿Q的大名忽又传遍了未庄的闺中。虽然未庄只有钱赵两姓是大屋，此外十之九都是浅闺，但闺中究竟是闺中，所以也算得一件神异。女人们见面时一定说，邹七嫂在阿Q那里买了一条蓝绸裙，旧固然是旧的，但只化了九角钱。还有赵白眼的母亲——一说是赵司晨的母亲，待考——也买了一件孩子穿的大红洋纱衫，七成新，只用三百大钱九二串。于是伊们都眼巴巴的想见阿Q，缺绸裙的想问他买绸裙，要洋纱衫的想问他买洋纱衫，不但见了不逃避，有时阿Q已经走过了，也还要追上去叫住他，问道：

"阿Q，你还有绸裙么？没有？纱衫也要的，有罢？"

后来这终于从浅闺传进深闺里去了。因为邹七嫂得意之余，将伊的绸裙请赵太太去鉴赏，赵太太又告诉了赵太爷而且着实恭维了一番。赵太爷便在晚饭桌上，和秀才大爷讨论，以为阿Q实在有些古怪，我们门窗应该小心些；但他的东西，不知道可还有什么可买，也许有点好东西罢。加以赵太太也正想买一件价廉物美的皮背心，于是家族决议，便托邹七嫂即刻去寻阿Q，而且为此新辟了第三种的例外：这晚上也姑且特准点油灯。

油灯干了不少了，阿Q还不到。赵府的全眷都很焦急，打着呵欠，或恨阿Q太飘忽，或怨邹七嫂不上紧。赵太太还怕他因为春天的条件不敢来，而赵太爷以为不足虑；因为这是"我"去叫他的，果然，到底赵太爷有见识，阿Q终于跟着邹七嫂进来了。

"他只说没有没有，我说你自己当面说去，他还要说，我说……"邹七嫂气喘吁吁的走着说。

"太爷！"阿Q似笑非笑的叫了一声，在檐下站住了。

"阿Q，听说你在外面发财，"赵太爷踱开去，眼睛打量着他的全身，一面说，"那很好，那很好的。这个，……听说你有些旧东西，……可以都拿来看一看，……这也并不是别的，因为我倒要……"

"我对邹七嫂说过了。都完了。"

"完了?"赵太爷不觉失声的说,"那里会完得这样快呢?"

"那是朋友的,本来不多。他们买了些……"

"总该还有一点罢。"

"现在,只剩了一张门幕了。"

"就拿门幕来看看罢。"赵太太慌忙说。

"那么,明天拿来就是,"赵太爷却不甚热心了"阿Q,你以后有什么东西的时候,你尽先送来给我们看……"

"价钱决不会比别家出得少!"秀才说。秀才娘子忙一瞥阿Q的脸,看他感动了没有。

"我要一件皮背心。"赵太太说。

阿Q虽然答应着,却懒洋洋的出去了,也不知道他是否放在心上。这使赵太爷很失望,气愤而且担心,至于停止了打呵欠。秀才对于阿Q的态度也很不平,于是说,这忘八蛋要提防,或者竟不如吩咐地保,不许他住在未庄。但赵太爷以为不然,说这也怕要结怨,况且做这路生意的大概是"老鹰不吃窝下食",本村倒不必担心的;只要自己夜里警醒点就是了。秀才听了这"庭训",非常之以为然,便即刻撤消了驱逐阿Q的提议,而且叮嘱邹七嫂,请伊万不要向人提起这一段话。

但第二日,邹七嫂便将那蓝裙去染了皂,又将阿Q可疑之点传扬出去了,可是确没有提起秀才要驱逐他这一节。然而这已经于阿Q很不利。最先,地保寻上门了,取了他的门幕去,阿Q说是赵太太要看的,而地保也不还,并且要议定每月的孝敬钱。其次,是村人对于他的敬畏忽而变相了,虽然还不敢来放肆,却很有远避的神情，而这神情和先前的防他来"嚓"的时候又不同，颇混着"敬而远之"的分子了。

只有一班闲人们却还要寻根究底的去探阿 Q 的底细。阿 Q 也并不讳饰，傲然的说出他的经验来。从此他们才知道，他不过是一个小脚色，不但不能上墙，并且不能进洞，只站在洞外接东西。有一夜，他刚才接到一个包，正手再进去，不一会，只听得里面大嚷起来，他便赶紧跑，连夜爬出城，逃回未庄来了，从此不敢再去做。然而这故事却于阿 Q 更不利，村人对于阿 Q 的"敬而远之"者，本因为怕结怨，谁料他不过是一个不敢再偷的偷儿呢？这实在是"斯亦不足畏也矣"。

## 第七章 革 命

宣统三年九月十四日——即阿 Q 将褡裢卖给赵白眼的这一天——三更四点，有一只大乌篷船到了赵府上的河埠头。这船从黑魆魆中荡来，乡下人睡得熟，都没有知道；出去时将近黎明，却很有几个看见的了。据探头探脑的调查来的结果，知道那竟是举人老爷的船！

那船便将大不安载给了未庄，不到正午，全村的人心就很摇动。船的使命，赵家本来是很秘密的，但茶坊酒肆里却都说，革命党要进城，举人老爷到我们乡下来逃难了。惟有邹七嫂不以为然，说那不过是几口破衣箱，举人老爷想来寄存的，却已被赵太爷回复转去。其实举人老爷和赵秀才素不相能，在理本不能有"共患难"的情谊，况且邹七嫂又和赵家是邻居，见闻较为切近，所以大概该是伊对的。

然而谣言很旺盛，说举人老爷虽然似乎没有亲到，却有一封长信，和赵家排了"转折亲"。赵太爷肚里一轮，觉得于他总不会有坏处，便将箱子留下了，现就塞在太太的床底下。至于革命党，有的说是便在这一夜进了城，个个白盔白甲：穿着崇正皇帝的素。

阿Q的耳朵里，本来早听到过革命党这一句话，今年又亲眼见过杀掉革命党。但他有一种不知从那里来的意见，以为革命党便是造反，造反便是与他为难，所以一向是"深恶而痛绝之"的。殊不料这却使百里闻名的举人老爷有这样怕，于是他未免也有些"神往"了，况且未庄的一群鸟男女的慌张的神情，也使阿Q更快意。

"革命也好罢，"阿Q想，"革这伙妈妈的的命，太可恶！太可恨！……便是我，也要投降革命党了。"

阿Q近来用度窘，大约略略有些不平；加以午间喝了两碗空肚酒，愈加醉得快，一面想一面走，便又飘飘然起来。不知怎么一来，忽而似乎革命党便是自己，未庄人却都是他的俘虏了。他得意之余，禁不住大声的嚷道：

"造反了！造反了！"

未庄人都用了惊惧的眼光对他看。这一种可怜的眼光，是阿Q从来没有见过的，一见之下，又使他舒服得如六月里喝了雪水。他更加高兴的走而且喊道：

"好，……我要什么就是什么，我欢喜谁就是谁。

得得，锵锵！

悔不该，酒醉错斩了郑贤弟，

悔不该，呀呀呀……

得得，锵锵，得，锵令锵！

我手执钢鞭将你打……"

赵府上的两位男人和两个真本家，也正站在大门口论革命，阿Q没有见，昂了头直唱过去。

"得得……"

"老Q。"赵太爷怯怯的迎着低声的叫。

"锵锵，"阿Q料不到他的名字会和"老"字联结起来，以为是一句别的话，与己无干，只是唱，"得，锵，锵令锵，锵！"

"老Q。"

"悔不该……"

"阿Q！"秀才只得直呼其名了。

阿Q这才站住，歪着头问道，"什么？"

"老Q，……现在……"赵太爷却又没有话，"现在……发财么？"

"发财？自然。要什么就是什么……"

"阿……Q哥，像我们这样穷朋友是不要紧的……"赵白眼惴惴的说，似乎想探革命党的口风。

"穷朋友？你总比我有钱。"阿Q说着自去了。

大家都怅然，没有话。赵太爷父子回家，晚上商量到点灯。赵白眼回家，便从腰间扯下褡裢来，交给他女人藏在箱底里。

阿Q飘飘然的飞了一通，回到土谷祠，酒已经醒透了。这晚上，管祠的老头子也意外的和气，请他喝茶；阿Q便向他要了两个饼，吃完之后，又要了一支点过的四两烛和一个树烛台，点起来，独自躺在自己的小屋里。他说不出的新鲜而且高兴，烛火像元夜似的闪闪的跳，他的思想也迸跳起来了：

"造反？有趣，……来了一阵白盔白甲的革命党，都拿着板刀，钢鞭，炸弹，洋炮，三尖两刃刀，钩镰枪，走过土谷祠，叫道，'阿Q! 同去同去！'于是一同去。……

"这时未庄的一伙鸟男女才好笑哩，跪下叫道，'阿Q，饶命！'谁听他！第一个该死的是小D和赵太爷，还有秀才，还有假洋鬼子，……留几条么？王胡本来还可留，但也不要了。……

"东西，……直走进去打开箱子来：元宝，洋钱，洋纱衫，……秀才娘子的一张宁式床先搬到土谷祠，此外便摆了钱家的桌椅——或者也就用赵家的罢。自己是不动手的了，叫小D来搬，要搬得快，搬得不快打嘴巴。……

"赵司晨的妹子真丑。邹七嫂的女儿过几年再说。假洋鬼子的老婆会和没有辫子的男人睡觉，吓，不是好东西！秀才的老婆是眼胞上有疤的。……吴妈长久不见了，不知道在那里——可惜脚太大。"

阿Q没有想得十分停当，已经发了鼾声，四两烛还只点去了小半寸，红焰焰的光照着他张开的嘴。

"荷荷！"阿Q忽而大叫起来，抬了头仓皇的四顾，待到看见四两烛，却又倒头睡去了。

第二天他起得很迟，走出街上看时，样样都照旧。他也仍然肚饿，他想着，想不起什么来；但他忽而似乎有了主意了，慢慢的跨开步，有意无意的走到静修庵。

庵和春天时节一样静，白的墙壁和漆黑的门。他想了一想，前去打门，一只狗在里面叫。他急急拾了几块断砖，再上去较为用力的打，打到黑门上生出许多麻点的时候，才听得有人来开门。

阿Q连忙捏好砖头，摆开马步，准备和黑狗来开战。但庵门只开了一条缝，并无黑狗从中冲出，望进去只有一个老尼姑。

"你又来什么事？"伊大吃一惊的说。

"革命了……你知道？……"阿Q说得很含糊。

"革命革命，革过一革的，……你们要革得我们怎么样呢？"老尼姑两眼通红的说。

"什么？……"阿Q诧异了。

"你不知道，他们已经来革过了！"

"谁？……"阿Q更其诧异了。

"那秀才和洋鬼子！"

阿Q很出意外，不由的一错愕；老尼姑见他失了锐气，便飞速的关了门，阿Q再推时，牢不可开，再打时，没有回答了。

那还是上午的事。赵秀才消息灵，一知道革命党已在夜间进城，便将辫子盘在顶上，一早去拜访那历来也不相能的钱洋鬼子。这是"咸与维新"的时候了，所以他们便谈得很投机，立刻成了情投意合的同志，也相约去革命。他们想而又想，才想出静修庵里有一块"皇帝万岁万万岁"的龙牌，是应该赶紧革掉的，于是又立刻同到庵里去革命。因为老尼姑来阻挡，说了三句话，他们便将伊当作清政府，在头上很给了不少的棍子和栗凿。尼姑待他们走后，定了神来检点，龙牌固然已经碎在地上了，而且又不见了观音娘娘座前的一个宣德炉。

这事阿Q后来才知道。他颇悔自己睡着，但也深怪他们不来招呼他。他又退一步想道：

"难道他们还没有知道我已经投降了革命党么？"

# 第八章　不准革命

未庄的人心日见其安静了。据传来的消息，知道革命党虽然进了城，倒还没有什么大异样。知县大老爷还是原官，不过改称了什么，而且举人老爷也做了什么——这些名目，未庄人都说不明白——官，带兵的也还是先前的老把总。只有一件可怕的事是另有几个不好的革命党夹在里面捣乱，第二天便动手剪辫子，听说那邻村的航船七斤便着了道儿，弄得不像人样子了。但这却还不算大恐怖，因为未庄人本来少上城，即使偶有想进城的，也就立刻变了计，碰不着这危险。阿Q本也想进城去寻他的老朋友，一得这消息，也只得作罢了。

但未庄也不能说是无改革。几天之后，将辫子盘在头顶上的逐渐增加起来了。早经说过，最先自然是茂才公，其次便是赵司晨和赵白眼，后来是阿Q。倘在夏天，大家将辫子盘在头顶上或者打一个结，本不算什么稀奇事，但现在是暮秋，所以这"秋行夏令"的情形，在盘辫家不能不说是万分的英断，而在未庄也不能说无关于改革了。

赵司晨脑后空荡荡的走来，看见的人大嚷说：

"嚄，革命党来了！"

阿Q听到了很羡慕。他虽然早知道秀才盘辫的大新闻，但总没有想到自己可以照样做，现在看见赵司晨也如此，才有了学样的意思，定下实行的决心。他用一支竹筷将辫子盘在头顶上，迟疑多时，这才放胆的走去。

他在街上走，人也看他，然而不说什么话，阿Q当初很不快，后来便很不平。他近来很容易闹脾气了；其实他的生活，倒也并不比造反之前反艰难，人见他也客气，店铺也不说要现钱。而阿Q总觉得自己太失意：既然革了命，不应该只是这样的。况且有一回看见小D，愈使他气破肚皮了。

小D也将辫子盘在头顶上了，而且也居然用一支竹筷。阿Q万料不到他也敢这样做，自己也决不准他这样做！小D是什么东西呢？他很想即刻揪住他，拗断他的竹筷，放下他的辫子，并且批他几个嘴巴，聊且惩罚他忘了生辰八字，也敢来做革命党的罪。但他终于饶放了，单是怒目而视的吐一口唾沫道"呸！"

这几日里，进城去的只有一个假洋鬼子。赵秀才本也想靠着寄存箱子的渊源，亲身去拜访举人老爷的，但因为有剪辫的危险，所以也就中止了。他写了一封"黄伞格"的信，托假洋鬼子带上城，而且托他给自己绍介绍介，去进自由党。假洋鬼子回来时，向秀才讨还了四块洋钱，秀才便有一块银桃子挂在大襟上了；未庄人都惊服，说这是柿油党的顶子，抵得一个翰林，赵太爷因此也骤然大阔，远过于他儿子初隽秀才的时候，所以目空一切，见了阿Q，也就很有些不放在眼里了。

阿Q正在不平，又时时刻刻感着冷落，一听得这银桃子的传说，他立即悟出自己之所以冷落的原因了：要革命，单说投降，是不行的；盘上辫子，也不行的；第一着仍然要和革命党去结识。他生平所知道的革命党只有两个，城里的一个早已"嚓"的杀掉了，现在只剩了一个假洋鬼子。他除却赶紧去和假洋鬼子商量之外，再没有别的道路了。

钱府的大门正开着，阿Q便怯怯的蹩进去。他一到里面，很吃了惊，只见假洋鬼子正站在院子的中央，一身乌黑的大约是洋衣，身上也挂着一块银桃子，手里是阿Q曾经领教过的棍子，已经留到一尺多长的辫子都拆开了披在肩背上，蓬头散发的像一个刘海仙。对面挺直的站着赵白眼和三个闲人，正在毕恭毕敬的听说话。

阿Q轻轻的走近了，站在赵白眼的背后，心里想招呼，却不知道怎么说才好：叫他假洋鬼子固然是不行的了，洋人也不妥，革命党也不妥，或者就应该叫洋先生了罢。

洋先生却没有见他，因为白着眼睛讲得正起劲：

"我是性急的，所以我们见面，我总是说：洪哥！我们动手罢！他却总说道No！——这是洋话，你们不懂的。否则早已成功了。然而这正是他做事小心的地方。他再三再四的请我上湖北，我还没有肯。谁愿意在这小县城里做事情。……"

"唔，……这个……"阿Q候他略停，终于用十二分的勇气开口了，但不知道因为什么，又并不叫他洋先生。

听着说话的四个人都吃惊的回顾他。洋先生也才看见：

"什么？"

"我……"

"出去！"

"我要投……"

"滚出去！"洋先生扬起哭丧棒来了。

赵白眼和闲人们便都吃喝道："先生叫你滚出去，你还不听么！"

阿Q将手向头上一遮，不自觉的逃出门外；洋先生倒也没有追。

他快跑了六十多步，这才慢慢的走，于是心里便涌起了忧愁：洋先生不准他革命，他再没有别的路；从此决不能望有白盔白甲的人来叫他，他所有的抱负，志向，希望，前程，全被一笔勾销了。至于闲人们传扬开去，给小D王胡等辈笑话，倒是还在其次的事。

他似乎从来没有经验过这样的无聊。他对于自己的盘辫子，仿佛也觉得无意味，要侮蔑；为报仇起见，很想立刻放下辫子来，但也没有竟放。他游到夜间，赊了两碗酒，喝下肚去，渐渐的高兴起来了，思想里才又出现白盔白甲的碎片。

有一天，他照例的混到夜深，待酒店要关门，才踱回土谷祠去。

拍，吧……！

他忽而听得一种异样的声音，又不是爆竹。阿Q本来是爱看热闹，爱管闲事的，便在暗中直寻过去。似乎前面有些脚步声；他正听，猛然间一个人从对面逃来了。阿Q一看见，便赶紧翻身跟着逃。那人转弯，阿Q也转弯，既转弯，那人站住了，阿Q也站住。他看后面并无什么，看那人便是小D。

"什么?"阿Q不平起来了。

"赵……赵家遭抢了!"小D气喘吁吁的说。

阿Q的心怦怦的跳了。小D说了便走；阿Q却逃而又停的两三回。但他究竟是做过"这路生意"的人，格外胆大，于是躄出路角，仔细的听，似乎有些嚷嚷，又仔细的看，似乎许多白盔白甲的人，络绎的将箱子抬出了，器具抬出了，秀才娘子的宁式床也抬出了，但是不分明，他还想上前，两只脚却没有动。

这一夜没有月，未庄在黑暗里很寂静，寂静到像羲皇时候一般太平。阿Q站着看到自己发烦，也似乎还是先前一样，在那里来来往往的搬，箱子抬出了，器具抬出了，秀才娘子的宁式床也抬出了……抬得他自己有些不信他的眼睛了。但他决计不再上前，却回到自己的祠里去了。

土谷祠里更漆黑；他关好大门，摸进自己的屋子里。他躺了好一会，这才定了神，而且发出关于自己的思想来：白盔白甲的人明明到了，并不来打招呼，搬了许多好东西，又没有自己的份——这全是假洋鬼子可恶，不准我造反，否则，这次何至于没有我的份呢？阿Q越想越气，终于禁不住满心痛恨起来，毒毒的点一点头："不准我造反，只准你造反？妈妈的假洋鬼子——好，你造反！造反是杀头的罪名呵，我总要告一状，看你抓进县里去杀头——满门抄斩——嚓！嚓！"

## 第九章  大团圆

赵家遭抢之后，未庄人大抵很快意而且恐慌，阿Q也很快意而且恐慌。但四天之后，阿Q在半夜里忽被抓到县城里去了。那时恰是暗夜，一队兵，一队团丁，一队警察，五个侦探，悄悄地到了未庄，乘昏暗围住土谷祠，正对门架好机关枪；然而阿Q不冲出。许多时没有动静，把总焦急起来了，悬了二十千的赏，才有两个团丁冒了险，逾垣进去，里应外合，一拥而入，将阿Q抓出来；直待擒出祠外面的机关枪左近，他才有些清醒了。

到进城，已经是正午，阿Q见自己被挽进一所破衙门，转了五六个弯，便推在一间小屋里。他刚刚一跄踉，那用整株的木料做成的栅栏门便跟着他的脚跟阖上了，其余的三面都是墙壁，仔细看时，屋角上还有两个人。

阿Q虽然有些忐忑，却并不很苦闷，因为他那土谷祠里的卧室，也并没有比这间屋子更高明。那两个也仿佛是乡下人，渐渐和他兜搭起来了，一个说是举人老爷要追他祖父欠下来的陈租，一个不知道为了什么事。他们问阿Q，阿Q爽利的答道："因为我想造反。"

他下半天便又被抓出栅栏门去了，到得大堂，上面坐着一个满头剃得精光的老头子。阿Q疑心他是和尚，但看见下面站着一排兵，两旁又站着十几个长衫人物，也有满头剃得精光像这老头子的，也有将一尺来长的头发披在背后像那假洋鬼子的，都是一脸横肉，怒目而视的看他；他便知道这人一定有些来历，膝关节立刻自然而然的宽松，便跪了下去了。

"站着说！不要跪！"长衫人物都吆喝说。

阿Q虽然似乎懂得，但总觉得站不住，身不由己的蹲了下去，而且终于趁势改为跪下了。

"奴隶性！……"长衫人物又鄙夷似的说，但也没有叫他起来。

"你从实招来罢，免得吃苦。我早都知道了。招了可以放你。"那光头的老头子看定了阿Q的脸，沉静的清楚的说。

"招罢！"长衫人物也大声说。

"我本来要……来投……"阿Q糊里糊涂的想了一通，这才断断续续的说。

"那么，为什么不来的呢？"老头子和气的问。

"假洋鬼子不准我！"

"胡说！此刻说，也迟了。现在你的同党在那里？"

"什么？……"

"那一晚打劫赵家的一伙人。"

"他们没有来叫我。他们自己搬走了。"阿Q提起来便愤愤。

"走到那里去了呢？说出来便放你了。"老头子更和气了。

"我不知道，……他们没有来叫我……"

然而老头子使了一个眼色，阿Q便又被抓进栅栏门里了。他第二次抓出栅栏门，是第二天的上午。

大堂的情形都照旧。上面仍然坐着光头的老头子，阿Q也仍然下了跪。

老头子和气的问道："你还有什么话说么？"

阿Q一想，没有话，便回答说："没有。"

于是一个长衫人物拿了一张纸，并一支笔送到阿Q的面前，要将笔塞在他手里。阿Q这时很吃惊，几乎"魂飞魄散"了：因为他的手和笔相关，这回是初次。他正不知怎样拿，那人却又指着一处地方教他画花押。

"我……我……不认得字。"阿Q一把抓住了笔，惶恐而且惭愧的说。

"那么，便宜你，画一个圆圈！"

阿Q要画圆圈了，那手捏着笔却只是抖。于是那人替他将纸铺在地上，阿Q伏下去，使尽了平生的力画圆圈。他生怕被人笑话，立志要画得圆，但这可恶的笔不但很沉重，并且不听话，刚刚一抖一抖的几乎要合缝，却又向外一耸，画成瓜子模样了。

阿Q正羞愧自己画得不圆，那人却不计较，早已掣了纸笔去，许多人又将他第二次抓进栅栏门。

他第二次进了栅栏，倒也并不十分懊恼。他以为人生天地之间，大约本来有时要抓进抓出，有时要在纸上画圆圈的，惟有圈而不圆，却是他"行状"上的一个污点。但不多时也就释然了，他想：孙子才画得很圆的圆圈呢。于是他睡着了。

然而这一夜，举人老爷反而不能睡：他和把总怄了气了。举人老爷主张第一要追赃，把总主张第一要示众。把总近来很不将举人老爷放在眼里了，拍案打凳的说道："惩一儆百！你看，我做革命党还不上二十天，抢案就是十几件，全不破案，我的面子在那里？破了案，你又来迁。不成！这是我管的！"举人老爷窘急了，然而还坚持，说是倘若不追赃，他便立刻辞了帮办民政的职务。而把总却道，"请便罢！"于是举人老爷在这一夜竟没有睡，但幸而第二天倒也没有辞。

阿Q第三次抓出栅栏门的时候，便是举人老爷睡不着的那一夜的明天的上午了。他到了大堂，上面还坐着照例的光头老头子；阿Q也照例的下了跪。

老头子很和气的问道："你还有什么话么？"

阿Q一想，没有话，便回答说："没有。"

许多长衫和短衫人物，忽然给他穿上一件洋布的白背心，上面有些黑字。阿Q很气苦：因为这很像是戴孝，而戴孝是晦气的。然而同时他的两手反缚了，同时又被一直抓出衙门外去了。

阿Q被抬上了一辆没有篷的车，几个短衣人物也和他同坐在一处。这车立刻走动了，前面是一班背着洋炮的兵们和团丁，两旁是许多张着嘴的看客，后面怎样，阿Q没有见。但他突然觉到了：这岂不是去杀头么？他一急，两眼发黑，耳朵里嗡的一声，似乎发昏了。然而他又没有全发昏，有时虽然着急，有时却也泰然；他意思之间，似乎觉得人生天地间，大约本来有时也未免要杀头的。

他还认得路，于是有些诧异了：怎么不向着法场走呢？他不知道这是在游街，在示众。但即使知道也一样，他不过以为人生天地间，大约本来有时也未免要游街要示众罢了。

他省悟了，这是绕到法场去的路，这一定是"嚓"的去杀头。他惘惘的向左右看，全跟着蚂蚁似的人，而在无意中，却在路旁的人丛中发现了一个吴妈。很久违，伊原来在城里做工了。阿Q忽然很羞愧自己没志气：竟没有唱几句戏。他的思想仿佛旋风似的在脑里一回旋：《小孤孀上坟》欠堂皇，《龙虎斗》里的"悔不该……"也太乏，还是"手执钢鞭将你打"罢。他同时想将手一扬，才记得这两手原来都捆着，于是"手执钢鞭"也不唱了。

"过了二十年又是一个……"阿Q在百忙中，"无师自通"地说出半句从来不说的话。

"好!!!"从人丛里，便发出豺狼的嗥叫一般的声音来。

车子不住的前行，阿Q在喝彩声中，轮转眼睛去看吴妈，似乎伊一向并没有见他，却只是出神的看着兵们背上的洋炮。

阿Q于是再看那些喝彩的人们。

这刹那中，他的思想又仿佛旋风似的在脑里一回旋了。四年之前，他曾在山脚下遇见一只饿狼，永是不近不远的跟定他，要吃他的肉。他那时吓得几乎要死，幸而手里有一柄斫柴刀，才得仗这壮了胆，支持到未庄；可是永远记得那狼眼睛，又凶又怯，闪闪的像两颗鬼火，似乎远远的来穿透了他的皮肉。而这回他又看见从来没有见过的更可怕的眼睛了，又钝又锋利，不但已经咀嚼了他的话，并且还要咀嚼他皮肉以外的东西，永是不远不近的跟他走。

这些眼睛们似乎连成一气，已经在那里咬他的灵魂。

"救命……"

然而阿 Q 没有说。他早就两眼发黑，耳朵里嗡的一声，觉得全身仿佛微尘似的迸散了。

至于当时的影响，最大的倒反在举人老爷，因为终于没有追赃，他全家都号啕了。其次是赵府，非特秀才因为上城去报官，被不好的革命党剪了辫子，而且又破费了二十千的赏钱，所以全家也号啕了。从这一天以来，他们便渐渐的都发生了遗老的气味。

至于舆论，在未庄是无异议，自然都说阿 Q 坏，被枪毙便是他的坏的证据；不坏又何至于被枪毙呢？而城里的舆论却不佳，他们多半不满足，以为枪毙并无杀头这般好看；而且那是怎样的一个可笑的死囚呵，游了那么久的街，竟没有唱一句戏：他们白跟一趟了。

一九二一年十二月

选自《鲁迅全集》第 1 卷

人民文学出版社 1981 年版

作家的话 ◈

要画出这样沉默的国民的魂灵来，在中国实在算一件难事，因为，已经说过，我们究竟还是未经革新的古国的人民，所以也还是各不相通，并且连自己的手也几乎不懂自己的足。我虽然竭力想摸索人们的魂灵，但时时总自憾有些隔膜。在将来，围在高墙里面的一切人众，该会自己觉醒，走出，都来开口的罢，而现在还少见，所以我也只得依了自己的觉察，孤寂地姑且将这些写出，作为在我的眼里所经过的中国的人生。

《俄文译本〈阿Q正传〉序》

## 评论家的话 ◈

阿Q，主要的是一个思想性的典型，是阿Q主义或阿Q精神的寄植者；这是一个集合体，在阿Q这个人物身上集合着各阶级的各色各样的阿Q主义，也就是鲁迅自己在前期所说的"国民劣根性"的体现者。……

我略述了上面这一段经过，是为了说明和《阿Q正传》有关系的几点意思：第一，在《阿Q正传》里面，鲁迅依然在从事挖掘所谓"国民劣根性"，而在人民身上也看到了可痛恨的阿Q主义——奴隶的失败主义和精神胜利法，于是作为人民自己的弱点，而加以猛烈的批判和斗争，以尽他的改造人民思想的启蒙主义的教育任务。第二，鲁迅在这时期，对于"旧社会的弊害"的揭发已经比对于"国民性"的揭发更着重，所以他对于"阿Q根性"或阿Q主义的历史根源和社会性的揭发，就揭发得非常深远和广阔，非常明确和正确。他所描写出来的人民被压迫的历史和如何会产生阿Q主义的历史，是非常鲜明，非常血淋淋的，而且阶级对立和阶级斗争的反映也很明了的。他对于重重叠叠地骑在人民身上的压迫者和压迫势力的深恶痛绝，是数倍地高于对人民自己的弱点的痛恨的。鲁迅在《阿Q正传》里面，那么迫切地渴望着作为农民，作为一个流浪的雇农的阿Q的自觉，可是他更在鼓动着社会革命。第三，这个现实主义的巨匠，为什么不采取一个别的人，譬如一个普通的官吏或一个外交官，一个地主或一个士大夫的子弟，一个得意的买办或一个能干的西崽，一个什么教授或一个什么学者，这些人都或多或少具有寄植阿Q主义的履历、资格和才具，并有容纳得了一个大作家所能概括的东西的容量的，为什么不采取这些人来寄植和概括阿Q主义，而独独采取一个流浪的雇农阿贵或阿桂呢？而且我们相信，采取别的人来概括和塑造，是同样可以写得出色和辉煌的，社会的影响也会很广和很久的，果戈理的《死魂灵》和冈察洛夫的《奥勃洛摩夫》就是前例。我觉得，这和鲁迅的革命思想以及他的启蒙主义的方向就有很密切的关系。鲁迅究竟是面向人民的，尤其因为他敏感到当时革命的问题在于农民身上，在于农民是否觉悟和发动起来，所以这决定了他的眼光注视农村和农民。同时，鲁迅也和农民有更早和更深的因缘，这也使他的心情更关注到农民的运命。

冯雪峰：《论〈阿Q正传〉》

　　这里重要的还有一个"阿Q"。在未庄这种特有的情势下，阿Q之成为"革命"的第一批祭品，是必然的。他之受到鲁迅的最高度重视，就在于恰恰是他，最能广泛地反映当时社会群众的思想状况。就他的地位和处境，他是最应该理解革命、理解革命党的，他是最应该争取民主、争取自由的，但假若连他也没有民主、平等的要求，辛亥革命也便毫无成功的希望了。在我们过去的分析中，当谈到革命党无视阿Q的革命要求时，往往流露着这样的思想情绪，似乎革命党到未庄找到的是阿Q而不是"假洋鬼子"和赵太爷，这个革命便不会流产了。实际上，这是不符合鲁迅原意的。《阿Q正传》的深刻之处恰恰在于，它是把阿Q视作辛亥革命之所以失败的最关键的因素的。由于阿Q的不觉悟，"假洋鬼子"才得以以一点外形的新攫取了未庄"革命"的领导权，赵太爷才得以保持着自己的固有社会地位，与此同时，鲁迅还异常明确地表现了，即使阿Q成了"革命"政权的领导者，辛亥革命依然毫无胜利的希望，他将以自己为核心重新组织起一个新的未庄封建等级结构。鲁迅常说："我觉得革命以前，我是做奴隶；革命以后不多久，就受了奴隶的骗，变成他们的奴隶了。"这里所说的骗人的"奴隶"，实际便是阿Q式的"革命党"。革命前，他们是奴隶；革命后，他们执掌了政权，因为其思想观念仍是封建帝王思想，毫无现代民主、平等思想，便把群众当成自己的奴隶任意驱使了。辛亥革命之后的统治政权，就其实质而言，可以说是赵太爷掌权；就其形式而言，可说是"假洋鬼子"掌权；就其变化而言，又可说是阿Q掌权。前者代表了"革命"前后的封建性质的恒定性、持续性；二者代表了"革命"后政权形式之新与政权实质之旧的统一；后者反映了"革命"后掌权者可能发生的某些变动。所以鲁迅有时也称之为"阿Q"掌权。

王富仁：《中国反封建思想革命的一面镜子

——〈呐喊〉〈彷徨〉综论》